陈先发 著

黑池坝笔记

二集

时代出版传媒股份有限公司
安徽教育出版社

图书在版编目（CIP）数据

黑池坝笔记二集 / 陈先发著. —合肥：安徽教育出版社，2021.6
ISBN 978-7-5336-9296-4

Ⅰ.①黑… Ⅱ.①陈… Ⅲ.①随笔－作品集－中国－当代
Ⅳ.①I267.1

中国版本图书馆CIP数据核字（2021）第 022165 号

黑池坝笔记二集
HEICHIBA BIJI ERJI

出 版 人：费世平
策划编辑：何 客
责任编辑：何换生　金 雯　黄晓宇
封扉设计：王莉娟　刘运来
美术编辑：张鑫坤
责任印制：陈善军

出版发行：时代出版传媒股份有限公司　安徽教育出版社
地　　址：合肥市经开区繁华大道西路398号　邮编：230601
网　　址：http://www.ahep.com.cn
营销电话：(0551)63683012,63683013
排　　版：安徽时代华印出版服务有限责任公司
印　　刷：安徽新华印刷股份有限公司

开　　本：880毫米×1230毫米　1/32
印　　张：8.25
字　　数：170千字
版　　次：2021年6月第1版　2021年6月第1次印刷
定　　价：68.00元

（如发现印装质量问题，影响阅读，请与本社营销部联系调换）

目　录

辑一　　　　　　　〇〇一

〇〇一—〇六〇

辑二　　　　　　　〇二五

〇六一——一八

辑三　　　　　　　〇四七

一一九—一七八

辑四　　　　　　　〇六九

一七九—二三八

辑五　　　　　　　〇九一

二三九—二九七

辑六　　　　　　　一一五

二九八

辑七　　　　　　　一二七

二九九—三五七

辑八　　　　　　　一四九

三五八—四一七

辑九　　　　　　　一六九

四一八—四七七

辑十　　　　　　　一九三

四七八—五四五

辑十一　　　　　　二二一

五四六—六三六

辑一

〇〇一—〇六〇

○○一

诗是从观看到达凝视。好诗中往往都包含一种长久的凝视。观看中并没有与这个世界本质意义的相遇。只有凝视在将自己交出，又从对象物的掘取中，完成了这种相遇。凝视，须将分散甚至是涣散状态的身心功能聚拢于一点。与其说是一种方法，不如说是一种能力。凝视是艰难的，也是神秘的。观看是散文的，凝视才是诗的。

那些声称读不懂当代诗的人，或许应该明白：至少有过一次凝视体验的人，才有可能是诗的读者。

○○二

艺术的精妙在开合之道。开，则灵视八极，神游万仞；合，能于瞬间凝神敛翅，轻松地厘清眼前一物。正如，"诗中最艰难的东西，就在/你把一杯水轻轻/放在我面前这个动作里"（陈先发：《白头鹎鸟九章·绷带诗》）。鲍照在《舞鹤赋》中说："轻迹凌乱，浮影交横。"意驰则形远，意住而神清。所以，禅定中能见"乌鸦似雪，孤雁成群"。

在形与意之间，需要一种极致的专注力始终在场。开而不合，恒河流沙。合而不开，顽石一块。开合之妙，正是诗中之凝视。

〇〇三

　　从自我审视中产生的深度不安,是诗性的基石。
　　其中最紧迫的力量,是要懂得"生命本身的盲目不可撼动"。写作,企图颠覆的正是这种盲目,但最后的收成必是两手空空。只有对终无一获的侧目与吟咏,才是诗歌真正的通幽之路。

〇〇四

　　雪因凝神而白,风因不安而动。
　　诗因呼应着"个体生命在本质的盲目中偶尔闪现的觉醒"而长存。

〇〇五

　　诗的不安,并非要在语言中确认个体生命的脆弱和易逝,而是始终焦虑于一己之生命如何有效地去突破个体。所以,雪落和风吹,皆是内心的溢出。
　　写作,并非是消除生命的不安,而是要让生命的不安变得像微风吹雪一样自然、率性、动人。

○○六

　　但生命的盲目绝不同构于语言的盲目,生命的盲目,时而是语言的明灯。

○○七

　　如果说诗成熟于对个体生命不安的自我抑制,那么这种抑制的真正迷人之处,在于它同时也将展现诗人之不安与诗之凝神两种状态的奇异互动。
　　诗以这种方式去面对一个真正的难题:在公共空间里不断被驯化、模型化而渐失活力的"语言危机",如何在个体之上得到深刻的矫正,甚至是被再次激活?我很难想象一个没有语言危机意识的人,会是一个好诗人。

○○八

　　诗可以是柔腔百啭的灵喉,当然也可以是令人心灰意冷的裹尸布;可以是悯思,当然也可以是喷嚏。
　　生命的不安如此深固,它迫使语言从触目皆是、瞬息万态的物象中,刹那间找到诗的身体。

〇〇九

　　湖水说"不"
　　遂有涟漪
　　每一个缄默物体都在等待诗去
　　剥离出它向语言发出的呼救声

〇一〇

　　诗的身体不可说
　　这欲言又止的恍惚不可说
　　这一身迟来的大汗不可说
　　芭蕉叶上漫长的空白不可说
　　语言被强设为诗之身体的无尽丢失不可说

〇一一

　　我在多年的散步中保持着一个习惯，走一段路，就站一会儿，抬眼瞩望路边树梢的最细枝。据说，这样能凝聚起因年岁渐长而日渐溃散的视力。
　　诗之看见，当然要远远通透于眼之所见。陈子昂说："舒之弥宇宙，卷之不盈分。"诗，须在最细微处形成最刺穿的观看和最充足的弹性。只有在最细最摇曳的枝头，诗才能稳住它的脚尖。

○一二

　　像一根柏枝被风吹离原本的位置,诗必须认识到,并不存在一个原本的位置,它于同一瞬间在不同的位置上曳动不息。一个词被放错位置而猝然爆发的力量,时而触动一首诗的形成。
　　被"放错位置"的幻识,是诗之律动。

○一三

　　午后的湖水在任何时代
　　都像一场大梦
　　白鹭假寐,垂在半空
　　它翅下的压力,让荷叶慢慢张开
　　但语言真正的玄奥在于
　　一旦醒来,白鹭的俯冲有多快
　　荷花的虚无就有多快

○一四

　　诗之要义在于深知诗之无力。
　　诗的爆发点,并非此"无力"而是此"深知"。

○一五

诗的凝视之道在于,明知"已是第亿万次重返枝头的新花"在目睹"已是无数次凝成人形的我",但相遇时,又有"每一次相见都可以是第一次相见"时的惊讶与欣喜。这在认知上是还原,在写作上是新生。

○一六

柳枝在疾风中之线条、之狂蹈、之醒悟、之语言,非它在微风中所能写下。寄身于生之不安,自有体悟于郭璞所谓的"旷然深貌也"。

○一七

过度的精确让人惊惧和疲倦,比如"奥斯维辛集中营里,没来得及清理的犹太人遇难者头发就达7.72吨"。诗,不会错过与这一数字的遭遇。化此惊悚入诗,自会分蘖出一种危险的美。

而"不精确"的力量,在诗中可以同样耐人寻味——无论是杜甫茅屋上被怒号秋风夺去的"三重茅",还是苏轼稀里糊涂的"君门深九重,坟墓在万里","也拟哭途穷,死灰吹不起"。

○一八

　　诗迫使语言从惯性中醒过来，甚至是从一种醒着的状态上恍如再度醒来，是醒着的叠加。
　　人其实是非常容易昏睡过去的。如果不能对这个世界滋生出新的感受力，那么无论你是在走着、在笑着，还是在写着，你真实的内在状态是"睡着的"。诗对一个人的昏睡状态葆有浸入和冲撞，以加速诗自身的形成。
　　当然，也需要从语言的假寐状态中醒过来。

○一九

　　忧患是诗之始。
　　两者也会剧烈地交换身体——诗是语言之忧患。

○二○

　　三月暮晚
　　水浊舟孤
　　鹭鸟轻白
　　影稀墨淡
　　虚实交加
　　呼吸绵长
　　黑池坝是什么？

一座语言的无梁殿!

〇二一

说"诗是什么",比"诗不是什么"蕴藏着更多的风险。说"万物皆有诗性",事实上是避让了"诗不可说"的深沉困境。

诗是对言说困境的一种神秘鉴定。

〇二二

有一座需要眼睛来辨认的黑池坝。在这个小湖的里面,内置着一座座需要靠嗅觉、味觉、听觉、触觉来辨认的黑池坝。哪一座,才更为充沛?这要看是一个生者,还是一个深埋在它之下的死者在感受它?是哪一个我在感受它——是正闲坐阳台听着一段古洞箫曲的我,还是在黑暗中辗转不眠的我?是我的哪一种形态在感受它——是幻化成了墙角一枝黄花的我,还是在湖边枝桠间正苦苦筑巢的我?

我已搬离湖畔多年。当我远离了它,一座已在视觉系统中被彻底掏空的黑池坝降临时,单一感官无法独自达成的、无碍无顾的心灵游历,才真正到来了。

〇二三

我住湖畔时,邻居中有一位曹姓女士。一日,她神色慌张地告诉大家,夜间常看见一个铜面盆大的橙色火球,沿四壁滚动。有时,也缓缓而有节奏地滚上楼梯,或者静谧地久立于书桌之上。火球来时,院中狗会狂吠,池中鱼儿争相跃起……但第二天早上,地板和桌上纸张却不见一丝烧灼痕迹。不久后,这家人就惊恐地搬走了。

多少个秋夜,我绕着黑池坝散步。月冷霜轻之时,总要定神向那座空房子注目一会儿,仿佛那团迷幻的火球可以温暖我。

〇二四

每年冬末,遍地枯藤,欲迎初雪。

隔着散布浮冰的湖面说话,声音沉不到水下去。总有人不甘心,想说清些什么。夜间,破冰之声轻而凛冽。有一种确切的忍受。

这是一年中最好的时辰。

〇二五

二十世纪二十至四十年代,黑池坝边艰深的荒芦苇荡,是刽子手行刑之所。据说刽子手们在湖水中洗濯双手双脚后,从不直接回家,往往绕着古城墙暴走两个时辰,再随意找几个陌生人聊上几句后,才踏进自家的门槛。刽子手们有了闲钱,爱开盐铺、当铺、私塾或结交跑码头的朋友,但绝不跟放风筝的人、街头算命的人讲话。刽子手睡觉时,也从不解开束在腰间的红缎带。

在唯物论坚如磐石的那些岁月，有关冤魂与报应的闲说，无人确信，却也从未断绝。

○二六

春日的黑池坝，桃花灼灼。

仰面看花或向桃枝躬身行礼的人中，有不少是当年刽子手的后代。古来诗中多有隐晦：屈原不咏梅花，杜甫不咏海棠。我在诗中从不写红缎带。

○二七

邻居中有一个双腿尽废的脑瘫孩子。晴朗的好天气里，老保姆常推着四轮锃亮的钢制轮椅出来，让这孩子在湖边晒晒太阳。每当我俯身向这孩子打招呼，他的嘴角都会剧烈地抽动一下，黑眼珠却奇异地斜视向岸边高高的苦楝树梢。老保姆说，孩子在回应你呢——他其实在紧盯着你。那一刻，我知道，我在我永远都会缺席的那地方。

湖畔的光线，在穿过树梢时裂开。

○二八

世上任何一处的柳树，我只有在内心迅疾地将它们与黑池坝的柳树进行猛烈的对照验证之后，才能确认它们是柳树。

〇二九

现场的、现状的、现象的黑池坝
也是一个霎时的、无法追溯的黑池坝
我活在大自然中
也活在一种可能而深刻的盲从之中

〇三〇

作为一座时间遗址的黑池坝，紧紧覆盖着每一天都能听见周边小区新生儿啼哭的黑池坝。
一个婴儿身上满溢的、无须添加一丝一毫的某种成熟和这座遗址每一秒钟都在被行人情绪篡改的单纯——这种浑然天成的一唱一和，又仿佛是理所当然的奇特对应。

〇三一

住在黑池坝边那些年，我收到最珍贵的一份礼物：儿子出生时，小姑父肩挑五十只青春昂扬、顶戴血红王冠的仔公鸡，从枞阳县偏远的乡村，突然出现在我的小院中。
小院子早已易主。每次我回去，站在那儿愣神，脑中晃动那些仔公鸡们一无所惧的影子。新主人永不可知的是，在我内心珍藏的无数种静谧的黑池坝之中，有一座五十只异乡公鸡之乱鸣的黑池坝。

〇三二

　　我在语言中猛烈挖掘黑池坝，是因为坚信这儿与别处一样，并不存在任何永恒之物——无论是这里的种子、词语、精液、子嗣，还是墙边的嫩芽、瓦瓮、锄头。我挖掘，因为我听过一句话：哪有什么实相虚相，抓住的东西就不要松开。

　　两样都摆在我面前：黑池坝是作为工具的锄头，也是这锄头扑向的那一小块荒地。

〇三三

　　我在黑池坝接待过一个锦衣夜行的政客。这个政客与其他任何政客的区别在于：这是一个其臃肿身影和敏黠笑容曾深嵌于黑池坝湖水的政客。

　　我在这里也接待过许多诗人，他们与别处诗人没有任何不同。

〇三四

　　有一次在云冈石窟避雨，坐在残损的佛像旁，我想：世间戒律已分崩离析。人，已经置身于"无畏"这座真正的监狱里。我看着自己脚下沾染了万里云泥的疲惫鞋底。异域的微尘、歧途的风雨和所有惊心动魄的挫败，我都将带回黑池坝。

○三五

　　我的故乡，正是一座佛像被毁损的部分；是曾经被筑成塔的一段，如今又被废弃在无名河谷的每一摞旧砖；是母体缄默，但分明又能被有心人听见的每一声哀鸣；是每一种曾被捆绑而不自知，"不知来处、不知去处"的恒久惆怅。我的故乡，不是某省某县某乡，不是某种偶然的命名，不是一种相对的东西。
　　凡内心深嵌着这一认知的人，都可以成为黑池坝的建设者。

○三六

　　如果我不曾有臆想的、幻识的、被粉碎又被重构过无数次的黑池坝；如果我不曾见深夜的雾中湖面，突然伸出一只巨手堵住我欲纵声一哭的嘴；如果我不曾觉得我和黑池坝，是两个苦于为各自欲望所钳制又挣扎着相互渗入的生命体，那么，我就不算在它的怀抱中真正地生活过，甚至不算真正地"活过"。

○三七

　　诗中一个重要的部分，正是想涌出纸面又被堵住了的词，是不曾现身却让那些敏锐心灵捕捉到了的"真正的声音"。

○三八

在密布黑池坝西侧的小酒馆中，我们昏天黑地的豪饮，贯穿了整个二十世纪九十年代。

一些小酒馆的屋顶，由劣质沥青提炼的油毛毡，换成了石棉瓦，再换成钢化玻璃。檐下穿梭的燕子，宛如同一群，却可能已是第五代了。岸边，我忘不了的"铁锈味"。纳博科夫说："水流动的时间，没完没了……"座中人，有一个地方电台的主持人，是个虬髯客。酒酣耳热之际，便有人起身灭了灯，听他捋须高诵东坡的《前赤壁赋》："击空明兮溯流光"，"寄蜉蝣于天地，渺沧海之一粟"。小酒馆外，池水青黑。游鱼入碟。耳中，布满了赤壁月和窗外月仿佛在相互碰撞的奇妙微响。

○三九

初夏的黑池坝岸石上，蚂蚱身如碧玉。它跃起时，翠琉璃般两条细腿猛蹬一下石上的青苔。被搅乱的苔痕微腥。

湖边跑步的少女胸如青笋。她身边的风，在一种加速度中顺着衣襟泄向湖面。

一股不知名的蛮力，在嘴中即兴而来的几个词中涌动。

〇四〇

　　昏聩灯光下，忽然显现在稿纸上的一个词微苦。
　　谁借我之手写出诗句，谁必负有神秘的责任。
　　像旧铁犁剖开田埂，猛地溢出了一种别离气息。
　　我想起父亲死去，已经八年。

〇四一

　　盛夏的湖面蛾蠓翔集。对黑池坝而言，它们是数量最为庞大的原居民。蛾蠓视力很差，时而撞了我一脸。它们听力似乎也差，怎么吆喝也驱不散。是什么样的密令，统一了它们同起同落的惊人节奏？微如冥灵的小翅膀如此一致地挥动，群聚群散，黑焰般起舞，像普鲁斯特在《追忆似水年华》中围绕失眠展开的，那些令人窒息又无限迷人的段落。
　　在如此紧致密结的队列之中，个体生命的孤独，又该如何传递呢？

〇四二

　　诗所拥有的，是一种变幻不定的结构：一个词的力量，会被另一个词凶猛地吸收掉。
　　弦月下，池水黝黑。是一种什么样罕见的耐心，才能把墨水磨得如此稠密而沉着？——像一个词临近衰竭。月光也仿佛被稀释了大半而显得更加疏离。

○四三

"亭子的飞檐,像死去的雨燕的骨架。"
　　黑池坝上有一座灰脊白梁、内置回廊的砖石亭子。卯榫的合唱,有一种均衡的力,在固定着它。我无数个夜间的散步围绕着它,却从未走进它的里面。在史蒂文斯笔下,它应该被命名为"坛子"。漫步中的无数个我,是裸身向这只坛子涌动的荒野。

○四四

　　二〇〇四年十月的一个下午,我驱车奔赴一个朋友之约。从黑池坝边小路通过时,引擎的轰鸣忽然形成某种旋律。隔着玻璃看见对岸秋林丛叠,色块斑斓,像几层声音的纸摞压在一起。几乎在瞬间,一首诗从我心中迸出,我一字未改地写了下来。对那一刻的莫名召唤,我只是个忠实的记录者。这首名为《丹青见》的短制,最后两句是:
　　"死者眼中的桦树,高于生者眼中的桦树。
　　被制成棺木的桦树,高于被制成提琴的桦树。"

○四五

　　我在黑池坝边,曾结交过一位以制作古琴为业的老师傅。

他告诉我，制琴步骤有十三：选良材、塑外形、凿槽腹、装木胚、裱面布、上灰胎、装琴徽、髹漆、精磨漆、抛光、置雁足、安琴弦、调音律。

他在每一道工序中旁若无人。其专注，像卡夫卡讲的那种"半死人"。我常在一旁呆看两三个小时，也无一句对话。手头活罢，身心松弛下来，泡一壶六安瓜片茶。他教我在工房中辨识了桐木、杉木、梓木、楸木、椿木、花梨。

在桐木之中，他又能细辨出青桐、泡桐、油桐、黄桐、白桐。《太古遗音》说："伏羲见凤集于桐，乃象其形，削桐制以为琴。"长在山的阳坡和阴坡上的木头，成琴后，声音又有微妙之别。"创造出一种无与伦比的声音……其实这种声音，早游弋于天地间，你的制造不过是你的捕捉。""琴和琴声，都只是模拟。"我想起荷尔德林晚年痴呆后，每天安静地端坐在门槛上，看一个名叫齐默尔的木匠干活。

〇四六

初冬枯草伏地，轻霜之上有鞭痕。

〇四七

坝边林中，有许多叫不上名字的遒劲杂木，结硬瘤，有丑陋的瘢疤。

有一种无名杂木，结的是淤黑色浆果，闻上去有撕裂的辛辣之气，但其细枝却薄脆易折。在易折的枝下，自古多有泪眼相偎的离人。

懂得大自然之暗示和深谙别离者，才是这片土地的主人。

〇四八

多少痉挛辗转的神经在这块水边追问自己：是"主"还是"客"？

而世间，只有旋转的镍币在决定取舍。

〇四九

随我远行踏遍千山万水的黑池坝中，有一座病中的黑池坝曾附着于我的焦虑，曾在插满了氧气管的呼吸机上。

父亲逝去前一年，我每晚数着被湖水舔舐的砌岸乱石，每晚获得的数字都不一样。那些被我丢失的乱石，如今安在？

我有一座从未被治愈的黑池坝。

诗歌触发了生命中真正的脆弱。不理解这种脆弱，就无法听见生命向语言发出的、本质意义上的深沉呼救。

〇五〇

在静态和动态的垂柳之外，有一种语态的垂柳。

长安陌上无穷树，唯有垂杨管别离。这个通神的"管"字催人泪下。

○五一

　　黑池坝边，烟熏火燎的小吃街和肮脏灰暗的菜市场，是我的炼丹房。
　　每个人的出入，带来一个词。每个事件的冲突，炼成一种语法。我的情绪和我的老去，是这丹炉中不熄的烈焰。

○五二

　　黑池坝是超越的，也是世俗的；可以是寺顶，也可以是废墟。
　　虽然我早已搬离了它，但我所做的一切都可视为某种不绝的延续。

○五三

　　作为一种镜像，也作为一种病例，在此病例中年年窥见黑池坝上孤零的梨花绽放。
　　白，是梨花"历劫"的经验、"拒绝"的经验，也是我们语言的经验。

○五四

　　每天用一段时间高度浸入一个词

到这个词的内在空间散步
在这粒微尘内建一座寺院
不是受控的行动,而是自由的行动
不是止息于词的边界,而是凝神于自我的呼吸

〇五五

黑池坝时而浑浊,沉渣泛起;时而明澈,清可鉴容。污秽与明净,皆来自"他者",都可以交出。一边在无所拒地接纳,一边在无所思地交出。作为容器的黑池坝,给了我一次次源于矛盾和从不自欺的教育。

〇五六

向水中的逝者鞠躬。他们中有殉情的少女,有沉溺的醉汉,有含冤自戕的良人,也有主动赴死的义士。

现在,他们的力量全都成了这块湖水的力量。黑池坝静谧的湖面,正是他们的新躯。

〇五七

一种消亡必伴一种再生。

漠视目的,漠视牺牲,漠视收获,也漠视审判。此为消亡之美德。

一种消亡在语言中都有一个"扶棺人"。

〇五八

每一首好诗都是某种深埋之物的再现。

埋它的人无法遮蔽自己。埋它的手，埋它的铁锹，埋它的瞬息与面容，都会从语言中涌出来。没有一种诗能捂得住这种生命中最汹涌的律动。

因为，显现是诗的本质。

〇五九

一首诗的形体和每一次精微的脉动，对构成它的词语都是一种最神秘的回报。

〇六〇

黑池坝边。防波堤上飞逝的出租车，下夜班的白大褂护士，卖羊头的大排档，夜巡的蝴蝶和它体内的"梁祝"。

霓虹灯——这旧时代的圣母。

外省民工——这微脏和暴躁的夜游神。

枝头下坠的露珠和它体内美妙的加速度，湖水中旋转的星斗和那些在大质量星球边坍塌的光线，这些都是我每晚必须服下的药片。

今晚我凭窗连续饮下几座废弃的小公园。而它们,也从四面八方注视我、吞下我。这互为解药的冬夜,这疲倦不堪的宴席。

辑二
〇六一——一一八

○六一

　　诗是以言知默，以言知止，以言而勘探不言之境。从这个维度，诗之玄关在"边界"二字，是语言在挣脱实用性、反向跑动至临界点时，突然向听觉、嗅觉、触觉、视觉、味觉的渗透。见其味，触其声，闻其景深。
　　读一首好诗，正是这五官之觉在语言运动中边界消融、幻而为一的过程。也可以说，诗正是伟大的错觉。

○六二

　　许多时刻，弥漫在我周围的沉默仿佛是
　　很多年前另一个人
　　遗留下来的
　　一首诗中的沉默是这个诗人最难解的遗产
　　它是牢固的、个人化的，也是充满弹性的
　　只有遭遇最沉浸的倾听时，它才涌现出来

○六三

　　醒悟是一种深刻的丢失。

○六四

　　沉默不是由这几根枯枝和它统辖的这片静谧湖面所创造。
　　也并非鹧鸪突兀的叫声背后，所携带的某种东西。不是此刻闲坐于十七楼阳台的此人，从玻璃漫射之反光中，所感觉到的恍惚。不是下午三点的微风轻推开深褐色扇形木门，把难以觉察的水光，输送至卧室棱镜中而形成的几块淡影。
　　沉默并非这一切的总和。它不只是感觉系统的，也不是逻辑范畴的。它甚至不是湖畔荒苇被烧成散落的灰烬之后，依然能被一个人分辨出来的呼吸。如果必须形成一种定义，那么，它是这呼吸被一个人搊入他的诗中——这些呼吸重新变得急促、灼热，并尝试着再一次唤醒别人。沉默，是这个人静置于他语言中的一种构造。
　　此刻，这个人就是我。

○六五

　　必有满面的涕泗滂沱，来覆盖自己内心玉石俱焚的缄默。
　　是矛和盾堆在一起，两两噤声达成的奇异均衡中所包含的整体气息。

○六六

　　一个写作者最不可思议的企图，是为他所捕获的沉默命名。

当此静默中，分明又有时代全部的喧哗与躁动。

〇六七

每声鸟鸣中装置着一只戏剧性的耳朵
我们听到些什么
又能说出什么
当弹弓孤悬在墙
是鸟鸣把我们
埋在千疮百孔的寂静的深处

它们有足够的语言的虫子来喂育
大张着嘴的下一代
看着窗玻璃外空荡荡的原野
忽觉得至深的缄默就在我与鸟鸣共享的恒久饥饿中

〇六八

奥登说："每当我听到一种特别不舒服的声音组合，我就想到那是勃拉姆斯的，而我每次都对。我对雪莱的诗亦是如此，我无法忍受他的措辞中，糟透了的一种声音。"

对诗之深拓，有时确实有赖于"听"。听见词语在句子中跑动、停顿、转折或者陷入长久沉寂的声音。好诗本质上是声音的精妙结构——复杂但又有着清澈的轨道。

○六九

听见而非目睹诗中的空白。
呼应而非单向接纳语言的缄默。

○七○

特朗斯特罗姆曾说,雪地鹿之足印是词,雪地的静默与蛮荒才是语言。
我延伸一下这个说法——有能力让空白与缄默显形的,才是语言的精妙。空白并非视域的一无所见,而是语言对世界追踪与辨认、释义与再创中的脱胎换骨。

○七一

当一个词蔽眼,世界是黑的,置换了另一个词,世界则全然洞开。
一个写作者在某个瞬间能否进入语言,其开关往往掌控在一个词及其对相邻之词的撞击上。
卡夫卡用上句"德国对俄国宣战",撞击了下句"下午去游泳"。

〇七二

词是构件——在整体结构中它如何受力？
词——在非母语系统中又有怎样的命运？
因为这两个问题，这些年我从梁思成的《中国建筑史》和一份专注时事政治领域的译文类报纸中得到的灵感，比我读过的任何一本诗集都要多出许多。

〇七三

枯苇的语言、尸体的语言、高压锅的语言，当此三种物象出现，它们能否成为同一棵树上的果子，是这首诗是否成功的一种尺度。

〇七四

读诗时的"听见"，从不是一种简单的获得，而更是一种馈赠和复活。你听见的诗已经远离了它的始作者，而你是距它最近的一个作者。

〇七五

不能被两双以上的耳朵所听见的诗，里面必然没有真正的心跳。

有人说茨维塔耶娃:"整个俄罗斯,只有她在用声音写作。"

○七六

汉诗的当代性比其古典时期最确切的变异在于:它营造了一种"更复杂的听见",远不止于合乎韵律、形体铿锵的所谓音乐性。

一种从色彩、触觉和味道中介入的"听见"正在诞生。

○七七

听见作者在诗中与自我的争辩之声。听见脱离了作者写作意图而自然生发的两个词、许多词激越碰撞、交锋的声音。听见复合的多声部与诗本身永不止息的生命本体的喘息。

一首卓越的诗,甚至让你听见某种与生命的果敢深度纠缠在一起的沉吟、迟疑,甚至退让。

○七八

天才的诗人知道如何给予语言中的过度流畅,以决然的重重一击让某种"钝"滞重地发生。而此"钝",几乎是我辨别一个重要诗人的隐在标识。

〇七九

不管从什么类型的诗中,听见确信总比听见质疑要困难得多。

"纯净的确信"是一种稀有之声。

〇八〇

如果诗中的声音,不能微妙地转换成诗中的形象,那是诗在另一端上的失败。

优异诗人的一种基础能力,是在词语的声音和明晰的形象之间,拥有几乎无遮无拦的变体。

〇八一

风凉湖阔,旧人如蚁。

我们弃绝之物与我们吮吸之物在共用一个根系。

黑池坝——不足一平方公里的这片水域,是维系着一个生命在浩渺时空秩序中不致全然涣散的拴马桩。

〇八二

我的书房中,四壁间的一切被某种回声吸附。父亲死后,我释放了他囚养多年的鹦鹉。但这知冷知热的小东西,经常悄悄飞回残破的笼子里。仿佛世界蔚蓝而醒目的自由,让它畏之如虎。

母亲依旧被一盆兰草绑架。白天她绕着它们不停踱步,摸摸它们的叶子,吻吻它们的嘴唇。夜半,又从梦中冲出来,为它们浇水。

只有八岁侄子拥有带电的肉体,他攥着画笔趴在窗台上。想画下暴雨之前战栗的芭蕉,而非此刻已被冲刷过、重新获取了安宁的芭蕉。

我只需搬动一根针,就能刺破这个世界日臻完美的秩序。

〇八三

一个诗人的回忆是从旧作中听见旧我。

而无数个旧我,并不是在时间的线性轨道中,他们簇拥于永恒的"此刻"。

"我"清楚地记得,"我"曾被判定为只有诗人才触犯的"寄生虫罪"。在青铜铸成的审判台上,所有人听见了"我"的抗辩之声:"我能吞得下一条板凳,但无法吞下一只苍蝇。"

〇八四

我恐惧于我的诗被别人诵读出来。

因为,有一种声音在我内心无法被更改、悖离,或替代。

○八五

从同一首诗中每次都能听见不同的声音,并非你的耳朵特异,当代诗释放的本即是一种变化、变量、变体。

诗的肌理,因不同的人或不同的阅读环境去触碰它,而产生难以预料的变化。诗内在运行的机理,也因为读者之心的起伏不定而变速。所以,将诗之智慧归结至作者,其实是一种偏见;而将诗之智慧等视为一种开放性的诗之身体,则无疑包含了诗的真理。

○八六

与其说你听见了诗中的一种声音,不如说你听见了一种可能性。甚至是你听见了什么,来源于你想听见什么。

写作与阅读间,横亘着动荡不息的戏剧性连接。

○八七

诗所创造的另一种奇迹是,它让你听见的声音,根本不来源于耳膜。

你的每一个毛孔、每一组细胞、每一根脑神经,都有倾听的能力。

你能目睹自身的"听见"。

○八八

　　从写作的角度，一个诗人如果不想控制自己诗内的声音体系，不想让诗中的声音形成坡度、曲面、丘壑，他无疑是麻木的。
　　智慧的阅读不仅能听见马蹄声，也能听见作者斜俯肢体想控制住马蹄的布满力量感的身形。

○八九

　　声音从一杯水上传来，与从深渊上传来，有何不同？
　　一朵未开之花与一种全然绽放的东西，声音自是不同。如杯水无力虚饰为深渊，但总有一种诗歌在玻璃杯中虚拟了涛声。

○九○

　　摇曳的海棠。和解的海棠。皲裂的海棠。在某人记忆中褪色的海棠。不能一分为二的海棠。消失的海棠。诗中的每一种海棠至少是一种声音。

○九一

　　一首好诗中，声音会重塑它自己。

如果这很费解，那么你可以理解为：一首诗要通过重塑某种声音在一个人体内创造出不同的读者，或者说企图去加深某一类作者。

○九二

一首好诗的声音，不会在你不读它时就结束。
许多时候，你会被它冷不丁地吓一大跳。

○九三

词与词之间有一种奇妙的相互唤醒，有时与作者的写作意志毫无关联。
写作中所谓的"神授"，其实是一个词以其不为人知的方式和气息唤来了另一个词。它让你觉得你所听见的声音，出自你的生命而非眼前这首诗。

○九四

声音较之文字，有更高的自由、更强的敏感度，所以我推测多数诗人在写诗时，都会自觉而无须明示地形成一套把词语变成声音的内在机制。
我检验刚写出的一首诗，表面上是在"看"，其实是在默读，我需要从声音上分辨一种诗的完成度。将自然风物的意象转换为诗之声音，形成一个"场域"效果，显然比较简单，也易于理解。如果将沾着血腥的铁笼子、饿毙道旁的乞者、饥肠辘辘又垂头丧气的戍边士卒等等，这些充满社会性紧张关系的世相物象，转换为一种诗的"声音场"呢？不仅对技艺的考验是巨大的，更多是必须充满一种文学史维度的勇气与胆识——杜甫的不凡于此显露无遗了。

在当代，人与自然的关系更为紧绷，冲突与矛盾的显现，更为复杂多元。诗所需要的，除了剥开与展现这一切，同时也应该呈现一份深切的、和解的愿望。

显然，惠特曼、艾略特、安妮·塞克斯顿等诗人，做了杜甫当年曾做的一切。与时代匹配的血肉之躯、欲望和阴影，都吐出了真切的声音。

而另一些诗人呢？加里·施奈德，或者梭罗，是王维的复制与弥散？王维当然很好，只是将他的声音，置于当代诗歌的声音系统之内，一种无力感就掩饰不住了。

〇九五

诗的原材料，是一个又一个瞬间，一个瞬间在另一个瞬间内又奇异地复活。

在诗的版图中，"历史"二字只是一只"死虎"。它以徒然的斑斓和自身的必死，来印证瞬间的生命力。

〇九六

词与词之裂隙中，充满了词的余响。

但迷恋词之余响而非词之缄默,便无法理会诗的真正玄机。

〇九七

对语言而言,一首诗最大的危险正在于它所有的部分,都被理解;在于它体内每一种声音,都被听见。

〇九八

世事喧嚣
暴雨频来
但总有月朗星稀之时

在堆积杂物和空酒坛的
阳台上目击猎户座与人马座
之间古老又规律的空白颤动
算不算一件很幸福的事?
以前从不凝视空白
现在到了霜降时节
我终于有
能力逼迫这颤动同时发生在一个词
的内部,虽然我决意不再去寻找这个词

我不是孤松

不是丧家之人
我的内心尚未成为废墟
还不配与这月朗星稀深深依偎在一起

○九九

无数根枯茎伴着无边的湖水,一个我
捂住苇管中另一个我的嘴巴,只留下薄霜的声音
纯白的压迫的宁静
一根枯苇在翠鸟振翅起飞时
双腿猛然后蹬的力中,颤动不已
这枯中的振动,这永不能止息,正是我的美学

一○○

诗并不苛求自身的某种成熟。
其实我们在产房中的第一声啼哭,就是成熟的。
我想要的,是思想的荒郊之气,是绝壁与青藤在多重关系中的微妙律动。

一○一

我的诗不企图处理那些滚烫的、亢奋的东西。
我想处理的是停尸房窗口的月光——那种已经彻底冷却之物。

一〇二

　　诗歌最深刻的智慧或许正是它懂得,无论什么样的语言行动都必须与人类最原始的巨大天真深深地融合在一起,并始终以此为诗的伦理。

一〇三

　　所有关于诗歌的理论本质上都是反噬自身的,即诗活在与这种理论相冲撞的力量上,但不在与这种理论对立的另一理论中;活在这种理论之解体上,但不在它的碎片中。

一〇四

　　说诗人是半人半神,只是在表达
　　一种潜在的两难:
　　一个物种想去分享另一物种的神秘
　　两个身体偶尔被打通时的战栗

一〇五

　　虚无从我身上汲取了萨特曾失去,甚至是他从未有过的东西。
　　他怎么可能会有呢?

这个斜视的、被性瘾所扭曲的、道貌岸然的老骗子,他为什么不从加缪那儿学习换一种目光注视"存在"呢?

一〇六

雨滴连缀起的水的迷宫
树梢在风中强烈的自我塑形
世界岑寂如谜底将穿
年华空度之感一下子统摄了我

一〇七

深陷于麻木是我们生而为人的根本性常态,而生活迫使每个人作出了种种遮蔽和伪饰。如果一个写作者不曾对这麻木进行过深刻的处理,那么他在语言中展现出来的所有敏锐皆无异于自欺。

一〇八

每个人都是自我的医生。
艺术基本上是这种自我救治失败的产物。

一〇九

诗的吊诡在于:一种作为原型的生活真实,对应着语言中无数种矛盾着的艺术真实。

这种矛盾,时而真实到让我们的生活原型更迫近一种想象。

一一〇

语言向自身索取动力的机制是神秘的,时而全然不为作者所控。

总有一些词、一些段落仿佛是墨水中自动涌出的,是超越性的力量在浑然不觉中到来。仿似我们勤苦的、意志明确的写作只是等待、预备,只是伏地埋首的迎接。而它的到来,依然是一种意外。没有了这危险的意外,写作又将寡味几许?

一一一

写作经验中最珍贵的东西、真正的个人性,恰恰更多地置身于我们的败笔与缺陷中。正如,疾病中包含着真实的个体生活。技艺企图掩饰而不能真正掩饰的东西,恰是这些忠实于自我的缺陷,它让语言中的个人面目更为清晰。

一一二

大诗人是复杂的精神与心理现象综合体。他的语言之体内,会有大片的废墟、瓦砾、荒漠,有种种令阅读不适之处,刺激着人的各类精神或生理反应,会令人厌倦、抵制、止步。

这些现象,与巨大的精神愉悦间歇着发生,它永不可能让你的进入之路一直杏花细雨、春风和畅。

一一三

写作中最扣人心弦的时刻,是我们觉得深深被羞辱却无以说出的时刻,是语言在它自己体内,寻找着一条羞愧而僻静出路的时刻。

一一四

不为任何写作信条所累——无论它们是万人仰面的,还是众口唾之的;无论是过时的,还是先锋的;无论它们令我的笔加速,还是减速乃至停滞。

如果它们束缚了我,它们就是同一件东西——除了我确切需要某种"自缚状态"之时。

一一五

剥漆的寺门知道,山上的每一阵钟声
都会在山坳的不知名女孩体内化为鲜美乳汁
无人觉察的风吹过
我从旧制度崩溃的一小把新泥中听见春芽欲爆

一一六

鱼跃出水面像溢了出来
我撞击榆树让它从
自己体内溢出来
"我们活在世界溢出的那部分之中"
但榆树溢出来的部分不会
成为柳树
我们依旧陶醉于某种不醒的仪式
当河流从一条鱼身上一跃而起
像被人击碎过而再度凝成的某种新东西
作为起点的河与
作为终点的河抑郁地缠绕在一起
我散步
像小路溢出来的一部分

一一七

范宽之繁、八大之简,只有区别的完成,并无思想的递进。二者因为将各自的方式推入审美的危险境地,而迸发异彩。化繁为简,并非进化。对诗与艺术而言,世界是赤裸裸的,除了观看的区分、表相的深度之外,再无别的内在。遮蔽从未发生。

一一八

　　弱者最醒目的标识是：不能释怀于他人的不认同。或者说，一个弱者身上总是依附着众多的弱者，他更需要共识的庇护。

　　这其实是在同一类盲视之下，一个人无数次路过他自己。

辑三
一一九——一七八

一一九

　　博纳富瓦在谈论策兰时说:"不蒙上双眼,就看不清楚。"
　　确实,真相与真正的纤毫之末,是心灵视域内的东西。谁来蒙住一个诗人的眼睛?他甚至比别人更容易被自身的感官所蛊惑。
　　有一类注视发生时,你会感觉到那眼光不是来自眼球,而是来自眼球之后幽深得多的地方,甚至是被刻意埋在那里的某物。眼球只是掩体。
　　对诗来说,修辞即是这种掩体。

一二〇

　　在存污积垢、蝇虫起舞的幽闭墙角,一枝红花绽放。它的美是少数人的珍藏。
　　环境因素在胡塞尔说的某种"悬置"中。与周边的冲突印象强化了这种美的激烈程度。其实,激烈乃是人的幻觉,它们与假象在深深的依存中。

一二一

　　人的生离死别，令眼中梨花更白。
　　白的递进，其实是眼之所见和心之所见的叠加——在冲淡与嶙峋之间。

一二二

　　诗歌需要"一根棉线吊着一辆载重卡车"的紧张关系，哪怕这首诗最终的面貌是松弛，那也是卡车置地、棉线垂落之后的松弛。
　　紧张会产生一种极致而滚烫的盲目，在此盲目中有现实不可遭遇的清晰。

一二三

　　诗之干预，犹如盲马奔于闹市之街衢。你不确定它会踩中谁，但它一定会造成踩踏。盲马之行，无迹可循。
　　与其说诗在干预，不如说诗性在干预。与其说盲马将踩中一个人，不如说它踩踏了可能性的一个部分。与其说诗之干预，作用于一个人、一个群体、一种社会这三个层面，还不如说诗之干预，依然是在以心传心这根古老的直线上发挥效用。

一二四

庞德之诗,在汉语中可能比在他的母语中更深地干预了一群人。当代汉语从他那里接受了"盲马的踩踏",发现了某种启蒙的力量。这当然完全悖离了一种写作意图的预设。如果庞德的诗,传递到社会动荡的中晚唐,这种干预不可能发生。中晚唐之诗,对庞德而言,是另一匹盲马。

一二五

诗之盲马式的踩踏,最先发生在直觉和心理层面。
即便是如此有力的干预,有的被袭击者甚至终生也不会觉察。但正是这般不知源起的改造,才是真正的善变。

一二六

一首诗的干预,如果煽动了你对它和它包含的事物的深沉敌意,那么,这是一种真正有效的干预。
许多人完全拒绝去读当代诗。不妨认为他的拒绝,是他已经被动完成了诗的初级干预。"拒绝,让你与诗建立了关系。这不是一种空洞而恰是牢固的关系。它首先暴露的是你对自身的不确信。"

一二七

　　世界的丰富性在于：它既是我的世界，也是猫眼中的世界；既是柳枝能以其拂动而触摸的世界，也是鱼儿在永不为我们所知之处以其游动而穿越的世界；既是一个词能独立感知的世界，也是我们以挖掘这个词来试图阐释的世界；既是一座在镜中反光的世界，也是一个回声中恍惚的世界；既是一个作为破洞的世界，也是一个作为补丁的世界。

　　这些种类的世界，既不能相互沟通，也不能彼此等量。所以，它才是源泉。

一二八

　　诗中虚拟的生活有着无与伦比的真实。

　　父亲死去后，他不可能在他曾穿过的衣物中，不可能在墙上的遗像中，不可能在坟墓的土中，那些都无法替他保持体温的存在。

　　只有在我的诗中，他依然在呼吸、在走动。在组成他"新身体"的语言中，每时每刻都有力量在流动。这力量让他不仅仍是我的父亲，也会成为无穷的"他者"的父亲。

一二九

　　在所有事物中，只有痛苦的事物最耀眼。

这痛苦也唯有在诗中，才能积攒起随时随地被二次唤醒的巨大活力。

一三〇

诗的干预，一种常见的情况是，因为它是以某种醒目的"不驯之力"而受推崇，而且常被归在诗的范畴之外讨论。

许多次重要的社会启蒙常得益于诗的传播。许多肃穆端庄之诗，因此有戏剧性的命运。

一三一

诗的干预，其本质在于"一"的裂变。

让一个人的审美体验变为一群人的审美体验，让一个人的生命秘诀变为一群人的生命秘诀，让一个人的生命价值奇妙地渗入他人的生命价值。

换句话说，是不同时空内的无数人，对某一个人的深深瞩望。

一三二

一个诗人对其自身生命密码和审美法则的解密，可以命名为"诗的干预"。

诗的干预，甚至强求一个诗人必须同时具有隐修士、传道人、疯子、在地摊和菜铺上随手可抓到的任何一个平常人的神秘合体。

一三三

个体生命的觉醒有多深,诗的干预就有多强。
所以,诗必须行注目礼的永恒对象是欲望和宗教。

一三四

在政治干预、道德干预、法治干预等之外,唯有诗的干预与个体生命的连接最为密切与神秘,也最为模糊。它更多展现为内在的、缓缓到来的改变。许多人甚至不能察觉它的存在。

一三五

诗的干预夹着太多的不确定、不确信、不确指,因而对个体生命的改写也最为深刻。
娱悦的、戏弄的东西在我笔下难以入诗,反过来看,这也是诗的干预。
如果你认真研读一个诗人的创作史,你总能发现他的刻意避让之物,这才是一个诗人最为本质且最易被忽略的一部分。

一三六

　　诗的干预首先确立的是对诗自身的干预。所有的诗，都有一个焦虑或癫狂的内核。诗以忍受而成为诗。将此忍受视为一种格调，是对诗的无知。

一三七

　　诗的干预，本质上是诗性的干预。人类艺术的门类，雕塑、绘画、音乐等等，之所以各具形体，是因为它们在诗性之认知上达成了共识。
　　诗的干预并非只催生诗，更多的可能是一件木器、一个瓦缸、一种线条、一份简报甚至是密室中女人一次呢喃的改变。
　　对社会而言，诗之干预并非思之穿透，而是风气的消磨。

一三八

　　诗的干预最美妙的现象是：看上去诗从不干预。
　　诗一直自足于社会认知的边缘状态和在权力、强力意志面前的种种惊人冷遇。

一三九

　　母亲老了，指间棉线怎么也穿不过其实像星际黑洞般巨大的针眼。她败给一根棉线的日子越来越多。针眼与黑洞，盘踞着均等的神性，而母亲却在用什么样的线为我补鞋的选择中耗掉一生。

　　她像教皇的母亲，或者妓女的母亲一样，只想为孩子做出一双最合脚的棉鞋。她像建造六和塔一样，迷失在一双鞋内部的精密构造中：在脚背部分有什么样的弧度，在无尽的磨损中应该有一种什么样的塔基或鞋底。别人有什么样的目光，在注视钱塘江边的塔尖，或是她孩子的鞋面。江水永不尽逝，鞋子也每天生出新的尺寸。她在煤油灯、白炽灯或月光下进行着她妙不可言的事业，永不会半途而废。她永不会知晓，她做鞋，如同她儿子以诗对生命的消费进行着不可止歇的尝试。只有窗外细雨庇护着她的窗口。

　　我无路可走的脚，常常从天而降。

一四〇

　　诗最尖锐的干预，是其对作者的干预。

　　诗人从这种干预中只听到一个声音，他会以此"听见"为写作最深的奥秘。那就是：以自身的沦陷为师，以病为师，以"诗的完成即诗的失去"为师。

一四一

　　诗的干预是让人诞生一种"不知何来"的生存勇气和"吾往矣"的生命胆识。"不知何来"正是诗的基本路径和大致面容。
　　但就一首具体的诗来说，诗的干预，也等于诗的偏离。

一四二

　　当动荡和雪崩发生时，人本能地求救于诗的干预。
　　当然，诗不能改变什么，但至少让人自觉得在此剧烈的变化中保持了一颗心的均衡。

一四三

　　诗的干预从不是一种预谋，也绝不会与某种外力成为危险的同谋。

一四四

　　与政治干预等强力相比，诗的干预是一种阴影的、柔软的、立于困境的，甚至是一种屈从的干预，宛如烈日下阴影所携的荫蔽，一路向低的流水所携的深厚滋育。

一四五

　　好诗皆蕴藏着一种破坏自身的冲动。
　　面对这种冲动，也只有诗才能够拥有某种绝不勒索自身的超然。

一四六

　　我曾说作者从一首诗中的消隐，正是这首诗成功的标识之一。诗要瓦解的第一个障碍就是作者自身。
　　但这绝不意味着诗需要与社会共识达成审美的同谋。恰恰相反，诗一诞生即依赖对共识的挑衅来完善自己。一首诗带着被更多人接受的恐惧而被更多的人接受。这听上去悖谬，但何尝不是诗歌生成学最神秘的胚胎因子之一？

一四七

　　一切糟糕的艺术有此共同秉性，即把自身建筑于对他人审美经验的妥协上。
　　恐惧于不被他人理解，就先行瓦解了自我的独立性。这绝非是对阅读的尊重，而恰是对沟通的戕害。难道一株垂柳揣摩过我们是否读懂它么？它向我们的经验妥协过么？然而，我们将至深的理解与不竭的阅读献给了它。
　　人之所创，莫不如是。不孤则不立。

一四八

　　一个人能触碰的最佳状态，是身心同步的出神状态。对寻常景物，觉自身不动而远去。当他出神，犹怒马失控；回过神来，却见长缰依然在手。虚实恍惚交汇于一线的边缘状态。出神，才不致被情绪或理性所绑架。出神，词语才能从既定轨道上溢出，实现一种神秘的开放性。

　　只有失神的片刻，才可见诗的土壤。

一四九

　　柯布西耶在阐释他的建筑作品时说："我的作品包含了七个部分：环境、心灵、肉身、融合、属性、馈赠、工具。"在谈论他的建筑五原则"底层架空、屋顶花园、自由平面、带形长窗、即兴立面"时，他写道："我们眼中的世界创建在，地平线镶边的托盘上。"

　　这纯然是用砖瓦在写一首诗。他凝固于建筑中的诗之冲动，哺育了他的构型灵感。他明白必须先接纳诗的干预，才能使他在技术和机器、工业与装饰、居住与观瞻之间拥有一种通透而灵异的生命力。

　　在我所见的范围内，与社会平均审美能力有着最大公约数的艺术，是建筑；有着最小公约数的艺术，是当代诗歌。

一五〇

  我接受过无数新观念新思想的猛烈洗刷，都不如独自坐在怒江大峡谷中，目睹巨大的、脏旧的那一轮落日，缓缓碾压向头顶时的震撼。它强烈地从作用于直觉，到密布于躯体中每一个角落。我第一次知道体内，有这么多从未被巡视的深暗角落。
  无声立于一侧的当地人，脸上的红晕仿似柴火烧过。那一刻，我既是一个脐带刚被割断的新生儿，又是一具历史的干枯遗体。

一五一

  意志的白象。侧泄的情绪。
  冷却的松脂。无垠的弃子。

一五二

  枯坐一隅。让室内的每一件物体说话。让紧裹着这些物体的大片空白说话。
  从墙缝过来的风，在赤裸滚动。它比我拥有更少，它应当说话。诗并非解密和解缚。诗是设密与解密、束缚与松绑同时在一个容器内诞生。
  让这个缄默的容器说话。

一五三

　我们一睁眼就会触碰到各种结构中的空白,各种事件中的空白。
　这才是最耐人寻味之处:空白必须迎来最深的阅读。
　那些空从未空掉。那些空各有面目。

一五四

　鲜藻枯鱼。危卵轻筝。恍如一愣。
　这一愣,不是视觉的偏差,而是语言的失神。

一五五

　对所有人来说,真正地了解自我,是一种可怕的体验。稍一定神,就会触碰到分裂与自欺。
　在不同的时刻,我各自存在。这些个我,是清晰而混乱的、相互抵抗的。一个我吸引着另一个我,像一个词倾尽全力连接着另一个词砌在句子中。
　我写作,并非为了统一我自己。

一五六

　我渴望在一种严酷的写作纪律中,拥抱即兴之物并随之起舞。

一五七

晚饭后步行至荒郊。一首诗以枯苇为食,以枯苇的轻轻拂动为食,以路两侧建筑工地的废墟为食,以小理发店昏沉的灯光为食,以无名无姓为食。

一五八

推窗看见落叶了。
枯萎不是爱在远去,而是爱在来临。

一五九

对一个诗人来说,破山中贼是一种写作的血缘,破心中贼是一块想象的本土。

一六〇

诗需要潜意识和潜在感知能力的参与,需要"边界两侧的东西"同时浸入。
需要述说无以名状之状,需要深知无以名状之名。在不知名的路上才可谓走得深,也只有对不知名者的凭吊,才值得延续。

一六一

　　没有一种生活不可以从一首诗中，找到它藏匿最深的东西。只有当我们读到这首诗，才觉得某个瞬间洞穿了一种现实。在此之前，我们几乎是盲目和视而不见的。也没有一种生活不可以以诗为对立面，来重建它的现实感。
　　因为让我们觉得现实的，从来不是生活本身，而是深刻的、欲与之为敌的古老冲动。诗存在的理由，是它必须隐秘地、最大限度地满足这种冲动。

一六二

　　人皆觉得镜中人是个假我，又觉得，终需面对假我之境。
　　但语言并不这么看。语言需要把实体蛀空，把影像从水底抬出来。
　　我穿过一场午睡时，在镜前慢慢找到自己的嘴唇、声音和脸。

一六三

　　当我不在镜前时，仍有一个我在那里成熟。

一六四

　　沮丧来时，丁香变身苦楝。占据一件东西，不如隔着盒子闻它或有或无的气味。
　　记得一个名字，在一个空荡荡的眼神背后。这个眼神，只是一堵墙壁，我想拥着的东西在它后面。有时我觉得，这眼神已经足够，"不必穿透它"已是一次真正的遇见。

一六五

　　当某种历史的语调复活
　　博物馆里石雕的明月
　　就会从石雕的海面升起

一六六

　　卡内蒂写道："在夜里，两盏灯，四盏灯，八盏灯，直到每盏灯都能让其他的灯进行思考。"
　　一个诗人的所有作品间存在着深切的相互暗示和首尾交缠的幽暗纠缠。

一六七

　　读一首好诗带来的醒悟，不一定比读一首糟糕透顶，甚至让人肠胃翻腾的坏诗要多。

而读一首烂诗，又何如来一杯冰镇可乐？所以，你看我读王船山、奥登、布罗茨基，不意味着我喜欢他们，只是我必然地遭遇了他们。我喝老白干醉倒在陋巷口，只因为我没买到冰镇可乐。

一六八

寸草不生连绵起伏的荒山，仿佛脸色铁青的圣徒。
偶尔飘过的几朵白云，是圣徒也不能克制的内心的恍惚。

一六九

当阅读者的丰富性不能匹配作者的丰富性之时，"读不懂"的叹息就会产生。
好的作品，创造的是一种深者得深、浅者得浅的内容变量。
而懂与不懂的尺度，只能用于丈测内容为相对恒量的平庸之作。

一七〇

出神的一刻。曾经我是两只
蜂鸟中的某一只
此刻我同时是这相互追逐的两只

一七一

　　制造语言的迷雾，正是语言的任务之一，也是语言内在的丰富性对其外在的要求。
　　那些单纯强求诗的修辞必须清晰的人需要明白：如果一首诗的语言，被某种固定而明晰的意义固定住了，就意味着我们的心在此处有了僵硬的边界。但迷雾不是不清晰，有时它恰惊人的清晰。

一七二

　　如果我还没有成为某一部分人的敌人，只能说我对自身立场的表达远不够彻底。
　　如果我一直是同一部分的敌人，只能说我的立场本身有狭隘之嫌。
　　如果"这部分人"的边界在不断缩小，如果它缩小至一个人，那么这个人必须是我自己。

一七三

　　声莫过于余响，境莫越于游思。

一七四

　　一个诗人看见并忠实地书写一己之弱小，并非是因他目睹了强权，而是他看见了此弱小中的无限，正如野草在无穷的被践踏中再生。
　　当这种弱小被精准地表达出来，诗性上出神的强大就会来临。

一七五

　　暮晚。河边。吸饱了我血的蚊子在草丛起舞。
　　我听见我的一部分身体在它的舞蹈中发出了声音。

一七六

　　废墟的价值，当然远远大于
　　你在其中翻拣到的任何一个物件的价值

一七七

　　山水时而以阴影来教育我们。我们用什么样的透视法，都得借助阴影。也可以说，阴影是语言的一种工具。

一七八

才华是一种自私的东西,在炫技欲望的推动下,它甚至可以成为一种很肮脏的东西。没有人为了目击你的才华而阅读,他们只是在寻找、确认或者是虚构他们自己。

内心逼迫我们听见的、看见的、嗅到的,才是真正的现实。不曾被内心的紧张感所过滤的,都不是现实的本相。

辑四
一七九—二三八

一七九

诗要解决的除了表达（或想象）的匮乏，更要解决表达（或想象）的冲动——当代文化语境在怂恿这两者泛滥。那精准而优雅的控制力却晨星般罕见。精准，貌似语言的经验问题，其实是思之力度问题，我们仍在思之失重、视之失察、语之失准的老病链中。

而相较于普遍意义的"思想"二字，诗之思看上去漫不经心，其实最需要精确的穿透力。

一八〇

诗通过语言的自我抑制、自我净化、自我校正来实现诗之正义。

与其说诗的最高服从是审美力，不如说这种服从中，包含了生命的所有基本愿望，包括道德愿望。但诗之正义总是企图超拔于这些愿望。所以，诗自身更倾向于这样一种结论，即在社会性尺度和审美性尺度不可企及之处，高耸着诗之正义。

一八一

诗之正义,并非屈身存于一首诗,而恰恰在这首诗所欲表达的某种非同寻常的渴望中。更多时刻,它只是这种灼烈的饥渴本身。

一八二

诗并不特别属意于确立一种判别正义的建构或框架,它甚至迷失于建构的冲动与愿望的混沌中。但无疑的是,这种混沌本身是诗性的、善的、正义的。

一八三

如果说诗之正义有个敌人,那么它并非不义,而是"竟然无力在这首诗中最高强度地呈现此不义"。

一八四

墨子在《非攻》中说:"少见黑曰黑,多见黑曰白。"诗当然不必陷身于对黑与白的审判,更不会纠缠于多变的审美法则与道义法则之间的争辩和乱战。面对这些,诗的使命是呈现,诗无须有"谁优先于谁"的写作焦虑。

一八五

是语言上的控缰也好，纵驰也好，诗必须以突破固有表达为善，所有忠实于内心的语言皆为善体——哪怕这颗心正处在迷失与谬误之中。

当一己之谬，得以真诚献出，诗之正义在它完成之后的阅读环节猝然生成。

一八六

诗之生命在于语言活力的再造，没有语言的创造就无所谓诗之正义。

杜甫之为杜甫，并不在于他对离乱和弱小的注视和恤悯。这种注视和恤悯，在他之前历代诗人中从未断绝，但藉由杜甫的巨大语言学创造而成为一种天才范式。动乱时代从杜甫的语言学行动找到了一个挖掘自身的巨大入口，从而使汉诗自《诗经》时期就从生命底部喷薄而出的巨大爆发力达成了一种壮观而卓然的接续。

一八七

生存对我们产生了诸多企图规训我们的力量，写作需要我们向其中最弱的力量呼救，对平衡的力量保持冷眼，对凌御而强悍的力量予以不屈的挑衅。

美,即是这种呼救、冷眼和持续的挑衅。

一八八

身体的残缺在深埋后会由泥土补上,我们腰悬这一块无所惧的泥土在春日喷射花蕊花粉。

为什么生命总是污泥满面啊?——又不绝如大雾中远去的万重山。

一八九

保持一个形式主义者特有的清淡与疏离。写作要求一个作者拉开与他者生存经验及其对生存经验表达形式的距离,拉开与他隐拒的某类阅读的距离。秉持这种距离的能力,是一首诗的内容但不在语言中。

以语言处理无言之态。让阅读在急促的喘息中感受到这距离的不可言说,但对这距离又释放出了深深的善意。

一九〇

在这个精致如强光下五色泡沫的世纪
我深储的蛮荒,像种子埋得很深
我随它埋得也深
我吞下的耻辱可以建起一座塔

一九一

"古人"或"来者"都
不过是语言中惊慌的土壤

一九二

看野菊花,尝到它体内
抹不去的
四面八方之苦
陶潜是否抢在我舌尖蜷起之前
已将它饱食而去
留下这残渣般的药味
在晚风中传递——

一九三

蝴蝶斑斓的苦笑在空气中经久不散
它浑身都是这种苦笑
蝴蝶并非假象,但它用来
呈现欢乐的斑斓确是一种假象
很不幸我在
这个瞬间甚至看到了
它的三面:它的疲倦、它的分裂和

它最终的不可信

只有目睹了此三面的人才有能力为蝴蝶写一首诗

一九四

臆想的蝴蝶与我们

可触可摸的蝴蝶

之间的微妙缝隙

让我们依旧阐释不能,描绘

也不能——

文学正应脱胎换骨于

这样的两难之境

一九五

在一张白纸上漫游

这里,思想的虫洞和修辞的饥饿

易于被计算

我知道玄思虽能打穿视觉的牢底

但目击,依然是一个独立的本源

一九六

只有语言将物与物的裂隙奇妙地缝合起来,成为真正意义的"物联网"。语言不断试探着这种裂隙的深度与灵敏性，使物性流动而成一种活着的东西。只有诗歌每一刻都在强化着这种试探，而令诗之写作成为可能。

一九七

挖掘深埋在我们体内的死者，当然会产生另一重新的空间。死者留给我们的记忆，是他不会死掉的遗产。它从未出口的话语，是我们得以新生的语言。但对它的挖掘面临着这样一种风险：刨出来的废土，埋掉了另一些东西。

文学性的挖掘所揭示的，看上去是一种呈现，而本质上何尝不是另一种更深刻的遮蔽。

一九八

在将我塑成现状的诸多力量之中，对世界的无力感，也许是最重要的力量之一。为了适应这个世界，我必须裂成许多块碎片。我和这个世界的割裂如此剧烈，这些碎片的孤独之间看上去毫不相干。

一九九

肯定一个人往往出于强悍的认知，而否定一个人往往只出于一个茫然的习惯。

二〇〇

　　过往是不可被理解的。深夜雨打蕉叶引起的微弱心理悸动,都可能深刻地参与了历史事件的构造。不是我们理解了历史,而是历史塑造了我们去观察它的方式。欲望、细节乃至结果,都是被深埋着的,是难以回溯的。
　　历史向我们呈现的视角、遗存,时而是它隐匿自身的一个精妙设计。

二〇一

　　词语在语言运动中消除自体内的声音,而形成永恒的静默,是诗之核心。

二〇二

　　以"不是而是"将破与立,拢于一体,去拥有新的诗意。

二〇三

　　历史的情节再晓畅明白,也尽显其奥义。哲学哪怕说得再通俗,也难掩其奥义。
　　而诗歌以化此奥义为普遍的情感与语言的正义为己任。如果你仍不懂得,只能说一首诗对降临其中的奥义的消化不成功。

二〇四

当我们意识到自己有灵魂时，它已经所剩无几。
但幸运的是，这"所剩无几"也足以在我们日渐衰败的机体中再造一个新人。

二〇五

什么样的诗算是好诗？这句话的含义本质上是晦暗不明的。它的一半被隐藏了起来，其实是：它面临着怎么样的阅读？在这首诗最初破壳时，在作者胸中交替运动的写和读，像一对翅膀，里面藏着正呜呜发动的语言发动机。

二〇六

或者说，作者早就阅读了还未被充分完成的诗，然后才能将它以文字形态呈现出来。写的过程是危机重重的，面临着种种微妙气息带来的即兴篡改。
有些人很难理解这种结果在先的生产机制。这大概跟诗动荡不息的内生机制有关。

二〇七

　　使一首诗的质量增重的，是他者的介入。哪怕是最蒙昧的、最抵触的阅读，他们的蒙昧和抵触，也会成为这首诗的一部分，或者说是一个全新的入口。
　　任何一首诗都是一个敞开的容器，它诱使读者进入并不自觉地在其中创造出另一首诗。
　　所以，一首诗并不存在本来面目，也不存在完成状态。

二〇八

　　死神怎样恫吓一个
　　活着的人呢？
　　让他以一株山茱萸睡去却以
　　一棵山毛榉醒来
　　太强的形式感困扰着我
　　连一只苍蝇的肢体结构和它起飞的动作都
　　那么复杂而美妙
　　而形式上的"完成"正是诗歌的死神

二〇九

　　这峭壁危岩的燕子
　　与寻常巷陌的，有什么不同？

它们在空气中划下线条
一样的转瞬即逝

我知道那些线条消失
却并不涣散，正如我们所
失去的，在杳不可知的某处
也依然滚烫而完整

二一〇

燕子在混乱的线条中诉说
我们也在诉说，但彼此都
无力将这诉说
送入对方心里

二一一

当酒力催动我体内荷尔蒙与
多巴胺去冲垮它与语言之间
隐秘的小坝
我知道诗有时是
一种生理现象

二一二

　　从诗的层面，最强烈的现实感往往并不来自现实，因为我们与生活为敌的冲动，比生活本身更为深刻与动人。
　　诗存在于它满足这种冲动时所呈现出的，各种美妙的瞬间姿态。生活景象可以恰到好处地位于显隐之间，以便语言能赋予连生活自身都仿佛第一次觉察到的现实感。

二一三

　　从未觉得我的孤独需要被稀释，因为它保护了我。
　　从知止、知默、知耻而来的孤独，真是一副好铠甲。但往往，也只有自己才能穿得上。

二一四

　　多年前我写了这句：写作最基础的东西，其实是摈弃自我怜悯。
　　现在看到了自我怜悯中真实的语言动力。或许，这两者之间永恒的相互搏击，才是真正环绕着我的东西。

二一五

　　写作的要义之一，是训练出一套自我抑制机制，一种

"知止"和"能止"的能力。事实上，是在"知一己之有限"基础上的边界营造。以抑制之坝，护送个人气息在自然状态下"行远"，于此才有更深远空间。

抑制是维持着专注力的不涣散，是维持着即便微末如芥壳的空间内，你平静注视的目光不涣散。唯此才有写作。

二一六

当代新诗最珍贵的成就，是写作者开始猛烈地向人自身的困境索取资源。此困境如此深沉、神秘而布满内在冲突，是它造就了当代诗的丰富性和强劲的内生力，从而颠覆了古汉诗经典主要从大自然和人的感官秩序中捕获某种适应性来填补内心缺口，以达成自足的范式。是人对困境的追索与自觉，带来了本质的新生。

二一七

果实成熟后四分五裂
风在密林中形成漩涡
精确的观察让目光受洗
昏迷的反光呼唤更多的昆虫出入

二一八

大海所藏并不比一根针尖的

所藏更多,关键是怎样一只手
在其中挖掘——
他还要挖掘多久?从太空
俯瞰,大海仍呈思想的大饥荒色
岛屿正在被压缩为欲望的针尖

二一九

谶语、背叛、遗忘和
不能完成的誓言在
我体内造成太多了裂隙
太多——雕錾的手,也停在那里

二二〇

　　写作是令写作者悲伤的单方面契约:当他坐下来想签字时,对方却没有任何条款和承诺给你。对方永不现身,但这个虚无的对方又必须时刻存在。

二二一

　　错觉在诗中是最具生机的力量。虽然它时而繁茂到作者、读者都想摁住它,但错觉对艺术家而言,是一个有巨大诱惑力的崭新入口。

二二二

埋伏在一首诗中的美妙错觉，既不受作者的审美意志所控，也不一定在阅读中现身。

它呼唤某种有潜力的阅读并让其变得充满变异。事实上，它扎根于创作与受体永不确定的互动中。

二二三

伟大的写作实践建筑于伟大的错觉和它所携带的惊愕。

错觉因不依赖于固化的路径而永不可被借鉴。也可以说，错觉是风格的一种标识。好诗中往往包含某种"错觉的自觉"。

二二四

一首诗抵抗平庸的手段，正是它敞开浑身的感受系统让其内部充满错觉的复杂回响。

错觉和对错觉的疑虑、抵抗，错觉之错觉，错觉之自省自视，错觉之纠正，让它成为不竭的活水。

二二五

存在更复杂的阅读，这是当代诗歌得以强烈新生的动力之一。当代艺术突破边界带来的理念颠覆和社会平均审美力的跃升,哺育着它新一轮的饥饿。

二二六

艺术从自然中得到的最质朴的忠告,是以在错觉中更新其感受系统更加忠实于自然的变化和纷繁迭变,像一片枯叶迎着风和光线在扑击每一种眼光。

二二七

错觉的无穷魅力,源于它总是和直觉保持着一秒乃至无限长的时间裂隙。

二二八

植物和女人对触觉有着
神奇的记忆力——
一棵梨树在她璀璨的日记中
这样写道:
在我第一次开花那年
被一个青年僧侣冷漠的
铁青头皮触碰了一下
不知为什么
情欲毛茸茸地就爆发了

二二九

　　诗之正义是冷酷的，所以才有人的柔弱与热切。诗之正义有绝对的原点，才有感觉系统在一枚芥子中辽阔莽原上的漫步。诗之正义动如黄鹤茫然杳去，才有黄鹤楼貌似永恒不动以背负我们反复的登临。诗之正义形如两只猫同一瞬间酣睡在两只不同的盒子里，才有薛定谔一脸痴汗的偶然觉醒。

二三〇

　　诗之正义如眼盲之人不为
　　任何错觉的光线所动

二三一

　　我记得
　　海浪中徒然消逝的东西
　　每滴水中，正在放大的东西
　　我必须保存我余下的疾病
　　以试探和
　　加深我身体的秘密

二三二

　　一切物体中只有泪水是
　　最尖锐的
　　以他人的泪水为冠,是诗的秘密

二三三

　　我想永远站在大堤被
　　洪水撕裂的缺口中
　　虽然这缺口已被补上
　　想当年我一心一意想描绘
　　堵上这伤口的哭声
　　那些哭声古老又新鲜得
　　像刚从河底挖出来一样
　　那些文字
　　因哭声而清澈
　　淮之水流淌
　　我知道稍纵即逝的河水
　　覆盖在万古长存的河水之上

　　车窗玻璃晃动。雨水的花纹中
　　大河与原野蓦地呈现
　　在不可言说与

欲言又止之间
我知道我没有能力永远站在
两层河水那微妙的
罅缝里

二三四

让我在大醉中仍能想起
父辈浓荫般的承担
和这个世界上永不让人安睡的
一个个无解之谜
想起我永不能清偿的
制度、泪水与经验的账簿

二三五

诗之正义并非成熟的意志
它形同巨婴在等着
妈妈的腹部裂开

二三六

在密闭的房子里倾听鸟鸣
不是鸟鸣从墙上一丝丝渗进来,而是
我们的器官尝试着一件件冲出去

鸟鸣让我

在林间空地上也会失踪

你可以从有关鸟鸣的诗句中找回你自己

二三七

裸立于浴室

脑后总有一种奇异的寂静

仿佛从不鸣叫的

猛禽之喙悬在那里

永远有一种强力意志和现象尺度

在校正你，向它哀求或与之搏斗是两首诗

指认其中任何一首都有损诗之正义

二三八

诗带给一个作者更多的是某种羞辱

一种不能恰当表达自身的羞辱

一种被捆绑的羞辱

它迫使诗人依仗神奇的想象力来解放自身

当诗被其解缚自身的技艺所吞噬时

写作的羞辱到达纯粹和尖锐的状态

诗之正义以最朴素的形象降临

辑五
二三九—二九七

二三九

思想困于造句,真理忙着传灯,命运时而不分青红皂白。

那么诗歌呢?诗歌,可以是"茄子熟后呈紫色,看上去是思与苦工之果",当然也可理解为:"由着性子乱来。"

金圣叹说:"看人风筝断,不亦快哉。……还债毕,不亦快哉。"

二四〇

诗歌的敏锐,往往丧失于"作者果断抛弃了令他感到难堪甚至是羞辱的,首次写诗时完全不能掌控诗之形式的笨拙。他忘不了这笨拙。经过长时间的练习,他开始觉得有种驾轻就熟的力量充塞于腕间"。

好诗人从不放弃笨拙。在好的诗中,笨拙之象时现时隐,语言运动有一种在生涩难为中艰难穿行的生机与生态。

大诗人的笨拙,往往巨大而显眼,像身怀亿万生灵的大海,时而仅仅自足于、迷失于沙滩上一只幼蟹稚拙憨愚的爬动。

二四一

行动自然远比冥思更能缓释苦痛。

所以,老妪喜欢用火钳敲击炉膛中的锅底,宋徽宗捕萤,八大画吊白眼,杜鹃空啼,狗儿狂吠,大象席地而坐。

二四二

如果说语言唯一无法真正解构的,或者说让语言最终屈服的只有一件东西,就是世界的神秘性,那么写作者都将成熟于这一刻:他会认识到,写作只是在为"这件东西"创造不同的形式而已。

缺少了这件东西,你的所为,难以呼之为有效的写作。创造力本质上,只能是与"这件东西"有关的创造力。深度,只能是形式的深度。

而写作的快乐,是须知上述禁锢又终知本无重负的快乐。

二四三

美有种属性从未被改变,即每一种美,都令强烈的饥渴发生。

所以,艺术家嘴中和笔下至死都有难于耗尽的残渣。

二四四

　　从语言学角度，传统作为一种资源显得吊诡的是，它大于所有语言实践的总和，却小于任何一个写作者的个体语言实验。

　　个人写作中总有永不溶于公共经验的一部分，这是写作者最为珍惜的部分。不溶于公共性，难以被视为写作的普遍尊严，但却是语言实践的最高追求之一。它另一名字叫反传统，是传统最本质的属性。

二四五

　　沃尔科特说，见到美貌的女人他会双膝无力。但他对美的描绘往往有些空乏：那种脸上漠然、眼圈乌黑、身形膏腴、唇色艳俗的妇人？

　　我为何后来扔掉了他的诗呢？可能是觉得——他太乐于做一个情绪的记录者。

二四六

　　饿鹰掠过湖面。水中的鱼溶化得太快了，它只抓出一只鱼眼便腾身而起。

　　机警的摄影师捕捉了这一瞬。让我们惊讶于这鱼目残存。

　　岸上的我们，在这只孤单的鱼眼中尚未褪尽。

世界在鱼目中枯干之前,唯这一秒依然新鲜。

二四七

据说刽子手知道,什么样的异士头颅会让他们的刀卷刃。

而好的匠人,单凭敲击树木侧耳倾听回声,就能从浩茫林中,找到那棵最适合做成绞刑架的硬木。

钢琴家马尔舍克斯说,演奏拉威尔的《夜之幽灵》中第三乐章《绞刑架》,至少需要二十七种指法。

二四八

下午读了篇有趣的小说,讲的是池中孤独的鲫鱼,爱上了臃肿的女主人;又读了篇备受推崇的文章:《西蒙拉·薇依的重要性》。

薇依,在某些时刻对我没有任何重要性。而另一些时刻,我又渴望全然是她。

二四九

我喜欢那种悬于边界状态、边缘状态的写作。或者说,有一类恶作剧的诗,为我所爱。它不在好或坏的某一侧,它更多时刻就盘踞在分界线上,在边境线上,在一根弦上。

它集合了许多非诗的力量在一个大家都爱其洁净的躯壳里,让你难受。它要抹杀作为一种区分的分界线。你感到自已被冒犯了。这种刺激，造成阅读上甚至生理上的不适。所以，它才成为边界。它可能缺少某种成熟气质。但，相信我，它是生命力最值得珍惜的状态。

真正的美需要强烈的冒犯。

二五〇

　　去埋掉它而非挖掘
　　去成为它而非哀悼
　　写作有时为了深藏一件东西
　　重逢时，照着它的是另一盏孤灯

二五一

　　鸟鸣在早上的空间击出微洞
　　斑鸠之声、惊雀之声
　　丧子的乌鸫之声
　　那瞎了眼的鸟儿声音与众不同
　　我长出了新耳
　　辨认着林中那些从不出声的鸟儿
　　在晨光冲刷下仅存的几小块黑暗里

二五二

　　诗最核心的秘密乃是：将上帝已完成的，在语言中重新变为"未完成的",为我们新一轮的进入打开缺口。

停止对所有已知状态的赞美。停止描述。伸手剥开。从桦树的单一中剥出"被制成棺木的桦树,高于被制成提琴的桦树"的全新秩序。去爱未知。去爱枯竭。

去展示我们仅剩的两件武器:我们的卑微和我们的滚烫。

二五三

金庸是个浅者得浅、深者得深的巨大变体。

若说浅,多的是清流见底的一面。所以,才有郭襄的风陵渡口、老顽童的左右互搏这一类景象。其实哪里又有什么深浅、正邪,只有人这种渺茫的生命本体对生存快意的渴求。所以,杀人的功夫也叫大悲手,最深情的也许正是光影交织的李莫愁,无处不在释放对人本身的绵绵善意。至于"怜我世人,忧患实多"这一类偈语,更是超越家国概念而见众生的白话。既要依赖于述史,又不得不疏离于江湖——这种内生的微妙尺度,不是蝙蝠侠、蜘蛛侠等好莱坞版武侠形象爱好者所能理会得了的。若偏要说深,大概也可以把它当作"佛头着粪"的禅事来读。

二五四

风或许只在掀动树叶、推动云朵的少数时刻,才觉醒至它自身。

这也是诗深沉的生产机制。只有少数的诗,形成了文字形态，或者说，很偶然地形成了文字形态。

二五五

　　过度追逐戏剧性来取悦阅读，几可视为诗歌写作的一种耻辱。如何避免诗歌的内部冲突被戏剧化，是好诗人所时刻警觉的。这并非贬斥戏剧，但戏剧性确为诗之穆默的本性所不容，更遑论为了放大阅读效果而刻意营造的戏剧性。唤醒阅读，但从不畏惧阅读的丧失，是诗性对自身的基本约束。
　　只有一种戏剧性例外，那就是"诗歌的自嘲"。

二五六

　　桌子和椅子构成的木质空间
　　白炽灯以柔软光柱切割的光影空间
　　远处笛声和它多孔的空间
　　幻觉的鱼和它浮游的空间
　　在多重空间的交叠中，我
　　枯坐如一块
　　被压榨的切片

二五七

　　方以智说："解拘救荡。"
　　拘中自有死结不解，荡中亦有不羁难抑。解和救，双手博弈,其至味在于先明确"我"这个不动的原点。

二五八

若时代的困境不被洞察并被精准地表达出来,那么它就不存在。

全部的困境,本质上可以归结为语言的困境。虽然我们不妨认为,体现在一个个体上的困境体量,等同于整个时代的困境体量,但写作者个人也并非什么万能的显微镜。事实上,如果他的写作能力不足以充分揭示,我们仍可以期待一种鹰隼般的高明阅读,从写作的无力感中完成一种发现来填充这种缺憾。

二五九

汗牛充栋的诗学典籍给诗本身带来了什么?
诗的释义,正是诗的瓦解。从另一维度,瓦解亦是诗面向自身的一个必要视域。

二六〇

鸟裹在她曾经的牢笼飞着
人们已经看不见这"笼子":卡夫卡
予它别名"城堡"
而蝴蝶之低翔,蒙着庄子的皮

如果剥掉这层皮
蝴蝶只剩一个更虚弱的自己

二六一

隐喻和禁忌,与物之间自有神秘关联。
猫可以是薛定谔的,鹦鹉也可以是福楼拜的。但蝴蝶,却是纯东方的。蝴蝶为纳博科夫所爱,总透着某种"隔"。

二六二

果然,二十世纪四十年代某日纳博科夫在显微镜中
连续观察蝴蝶四十四个小时后
也许是幻觉逼迫他做了一个假设:
南美洲的眼灰蝶是从亚洲穿过漫长的
白令海峡过来的……正是宽袍大袖的
庄子,在茫茫海上为它们紧捏着罗盘

二六三

一九七五年,七十六岁高龄的纳博科夫独自在
瑞士的达沃斯山巅捕捉蝴蝶
从断崖跌入深谷。不久他便逝去
"……年轻时我吃过黑脉斑蝶"
如果用她的翅膀夹着杏仁

那味道是不是有点儿古中国的渺茫？

二六四

纳博科夫成功地把自己身上"少女的部分"
切割下来，与欲望搅拌，塑成了洛丽塔
庄子又做了些什么呢？他虽然也谈
西施、毛嫱，但真正赞叹的却是"丑女"

二六五

美是球形的，丑却是多棱镜。

二六六

只有我们心悦诚服承认自我的愚蠢，一颗心才能真正安静下来。

这安静如此重要：它帮助我们对灵光一闪或顿悟一类的妄念保持足够警觉，它将我们曾认为是最愚笨的一块土壤指来看——果实只在此处。我们所遭遇的枯竭并非什么才气不足，而是没有真正安静下来。

此安静中，词语自在自涌如泉，写作不过是取一瓢饮。

二六七

每次提笔面对一张白纸
总觉有一种奇异的引力
将我内心巨大的匮乏源源导出
这引力,曾让苹果以
重重一击填补了牛顿
曾让土崩瓦解的旧式南美洲
填补了气若游丝的马尔克斯
也曾让杜甫,填补了鲁迅
更精准地说,是"我体内的
杜甫"填充了"我体内的鲁迅"
更多时刻这引力是混沌的,仿佛
不知源起的流水,引导着昏沉沉的河床

二六八

听见语言所描述的对象物,譬如鸟兽、河水、树叶在呼吸,呼应着文字中生命力的律动,是一个好境界。

更好的境界是,听到词语本身的呼吸,词与词在碰击、连接、抵抗之时的喘息,甚至是那些装饰性的、虚词的呼吸。

让画布上的大片空白、段落间的空白说话,当然是好境界。但更好的境界是,画布上的空白在喃喃自语,仿佛阐释的也正是这空白本身。

二六九

　　庄子说:"象罔。"
　　安妮·塞克斯顿写道:"轻,轻,袖子和蜡质蝴蝶结。"

二七〇

　　春日听雷
　　潜鱼震醒
　　大鱼吞舟
　　湖边屋栋状如灰犀牛
　　房中女人都是虚空菩萨

二七一

　　寂静的春末
　　盲者炙热
　　聋者慌张
　　四处花开,没什么道理可讲

二七二

　　在语言中历险获得一座空城
　　空从来不是枯竭

空是一种没有焦虑的声音

二七三

夜雨敲窗。

这单纯的声音我已经听了两个小时。闭着眼，我看见我童年的脸在颅内晃动。我听五小时，消失的一切或许都纷纷复活。如果我听十年呢？

二七四

别丢掉自己"异乡人"的身份。在生活中或在语言中，当我们无法将"A地"置换成"B地"，至少要想办法将"A我"变成"B我"。在凝思物性中，做一片如切如磋的"雨中黄叶树"，再在淘洗自性中，去做一个如琢如磨的"灯下白头人"。

二七五

鉴判诗的品格，要看作者把"尊重和顺应语言自身的运动"摆在什么位置。一首好诗既非先行设计的产物，写作过程更非一根可自由掌控的缰绳。词语以自身之力懵懂流淌、神秘碰撞，或相互消解。写着写着，作者会惊呼："我何以如此？"

好诗人更善于在自己诗中，做一个恰当的旁观者。而好的读者则要求自身的深切介入，不求阐释，不求独解，在"体验"二字中去理解福柯的一句话：勿以物的无可名状，去指责词的能指权威。

二七六

　　对文学当代性很大一部分体验来自"人的挫败感"。不必假手他人经验，我自身这具容器内的失败即已足够。
　　这也是强化对自身认知的主要病理切片。高度信息化将每个人的藏身之地精密地联通起来，个人空间被压缩得仿佛人一生来即是透明的，仿佛人的无所遁形才是常态，人的失败感比以往任何时代都显得"天然"、合理、强烈。宏观面上，经济全球化、网络对社会秩序的猛烈再构、外太空探索的深不见底，在人类生存丰富性大增的背面，是更深、更整体性挫败感的到来。

二七七

　　如果我们永不缺食物或信息来填充饥饿，那么我们终将在更大的饥饿中度过下一日。

二七八

　　失眠的窗口中我想起那些遥远下午
　　在地球引力、球体重力和空气浮力之间

孩子们手中的氢气球飘走
　　断线哺育着孩子们仰起的脸
　　一些身体在其中长大、衰老
　　静脉中的流沙
　　在纸面呈现淡蓝
　　氢气球在无人处获得再均衡

二七九

　　桦树之果有奇特的黏性
　　风,从漫长树影中吹来
　　我仿佛站在鸟鸣之旋梯的不同位置上
　　为目睹一种未知而出神
　　我正写下我曾经对抗的东西
　　渐渐与我的敌人融为一体

二八〇

　　死后是换一双眼睛观世
　　玫瑰在唇上化为灰烬
　　以荒芜养吾怅然之气
　　窗外,湖心亭像一本旧书插在涟漪中

二八一

　　墙角堆着刚买的青菜
　　它们将消失在我嘴里
　　或者消失于夜间神秘的虫子
　　不可一世的君主和恢宏国度都消失了
　　只有这些青菜
　　死而复生地不断来到我们身边
　　还有窗外树叶
　　以一枯一荣来完成对我们的教导

二八二

　　单纯有单纯的复杂性，作为一种艺术特性，单纯难于形成但易于识别。
　　它有高高的门槛。

二八三

　　世上只有一种怜悯，即把自身深切置入对象物中的怜悯。这才关乎文学的原动力。
　　换个说法，人只有在充分接纳了来自自身的怜悯之后，才真正具有以文学形式谈论它的资格。然而，文学因各种质疑而保持着对怜悯这一主题的警惕。它遭遇的是：怜悯作为起始动力而到来，在已经全面沦入技巧性角逐的时代写作中，作为弃置物又率先离开。

二八四

一个写作者对世道人心的深怀，要与他注目琐屑的功夫互为表里才好。所以，普鲁斯特从旧睡袍破损的线头上，追忆似水年华。繁缛隐居神圣。通常我们只差这一步了：为宽广的关怀设置一个日常的冲突性入口。而且，我们不必费心设计出口。

这是写作最基础的功课，需一辈子反复去做。往往还需从同一的零起点上做起。

二八五

椰栗横担不顾人，直入千峰万峰去。

这里讲的不是无人之境，而是内不顾己外不视人，内外之间若即若离、斗而不破的"两我之境"。

二八六

我吃罢这顿饭
桌对面的姑娘将变成一堆白骨
但窗边只活几秒钟的飞蠓也有
对永恒的渴望

在暮光中它们攻城略地
筑起讲经堂
它们在自己的语法中写下诗句
和我一起描绘这瞬间的
姑娘如何变成瞬间的白骨

二八七

从表象上看,文学、艺术可以从中攫取资源和力量的对象物,从山水田园到城市和工业再到本时代科技发现中的"量子纠缠"和"蛋白质折叠",能够作为资源的东西越来越多。其实更本质的是,人类被自己越来越深刻的"看见"困住了,从原子、中子,再到质子、夸克,无限的可拆分仍在延续……这种"看见"没有尽头,令人疲倦。

文学从科技的澎湃之力,学会了如何分享这新力量吗?

二八八

如果写作过于顺畅,你应当主动对自己发起某种攻击。以攻击阻断这种顺畅。我们太容易被技巧翻新带来的愉悦喂饱了。我们太容易被幻象喂饱了。而真正的创造需要精神层面的饥饿感。伟大的作品源自伟大的饥饿、困境意识和每一个毛孔都充塞着的匮乏。

还需要什么?还需要一颗心在占有欲褪尽之后的安宁。

二八九

一个诗人所需者从来就不是什么知音,也并非对立面。俞伯牙对面,钟子期只是假象。当他向外索求一个知音或对立面时,他想谛听的是:哪边的丢失感更深,他就往那边去。正如盲者无须见桃花或刘郎,但他会闯入"玄都观里桃千树,尽是刘郎去后栽"的巨大丢失之中,在那里他看到自己可酬以涕泗滂沱的永恒情感。

二九〇

老僧无戒。老僧吃肉,香飘千里。僧不知己是僧,肉已忘曾为肉,只有神通意会的纠缠散着异香。老僧不心乱,如果他体内住着一个旁观者,这肉就不香了。

所以,高人笔下有境如此:只存"肯定"的异香,不要分裂的光影。

二九一

人经常是很傻的
"现象"喂给我们什么,我们就吃什么
所以老僧有时用脏水洗脸

二九二

　　对于一个写作者来说
　　丰收不能来得太早
　　而肥沃，指的只是恰如其分

二九三

　　诗是野蜂之针扎入花瓣的一瞬。我们知道，蜜在形成。它连接着"永不知谁将饮下这碗蜜"的迷茫未知。诗的美妙在它无尽的"同时是"：它是针、花瓣、蜜，或者是窥瞰这一切的一个旁观者。诗不是这些角色的其中之一。诗同时是它们。

二九四

　　特朗斯特罗姆是杰出匠人，始终保持着对语言神经质般的敏感与忠实，类于李商隐。但他们距气象万千的大师还很远。
　　大师时而并不纯粹，他们笔下不仅有特异的自我之声，也有对自我的质疑之声、抵制之声，甚至不屑之声，是众声部在特殊时空某种偶然的混成。相较于大匠的令人愉悦、予人惊奇，大师们往往泥沙俱下，有时甚至让人生厌。

二九五

大地站满不存在的人
"不存在"是对他们的蔑称
人？或许他们不再有人形
它们清冽的声调和灵动的
流变，还在这片大地上……

二九六

写作的愉悦在于形成真正的"私人语境"。
区分一种好的写作与坏的写作，并不在于你要去践行汉诗传统中一以贯之的文以载道，还是要走维特根斯坦所谓的语言游戏。路无新旧，而在于你在此路上能否达成有生命力的"私人语境"：一种真正个人性的语调。
克制住复制的冲动，才可看见写作的本质：区分！

二九七

抓着书，闭着眼。每个字中皆有隧道至不尽。读书人在斗室四壁间，也可形成漫长的流亡。不必都跑那么远。桌子四腿一动不动，又仿佛随我正万里行。矛盾解不开，就不妨视矛盾为西红柿炒鸡蛋。博弈理论有副唬人的好面孔。秋夜面孔似铁,是一个自拟的独裁者躬身于纸墨的泥土,想唤那不可能的花出来。

辑六

二九八

二九八

我愿意给出一个最直白的阐释：诗，本质上只是对"我在这里"这四个字的展开、追索而已。对于诗，没有任何准则是必须的。孔子说，诗可以兴、可以观、可以群、可以怨。这个排比句式，可以像风中的涟漪，无穷地铺展下去。诗所掘取的，也正是不竭的可能性本身——它永不会遭遇一个"不可以"。而就写作者个人，只需在"我在这里"四字之后，附注上不同符号：问号、破折号、省略号、感叹号、句号，大致就可传递不同写作阶段、各自境界的微妙之味了。诗，因为发乎性情又无法定义，而成为一种永恒的文体。这些年，我常听到一个莫名其妙又哗众取宠的说法，就是"诗歌死了"。

因为时间，也因为人的成长，"我"和"这里"，不断往对方体内注入某种复杂性。一个伟大的诗人，天然地要求自己理解并在写作中抵达这两者之间的对立、抵制、和解。概括地讲，中国古典诗歌系统有个显见的缺憾，即对人本性中的光影交织、对个体心理困境、对欲望本身的纠缠等维度上的掘进较少、较浅。或者说，多数时候，仅仅将这种掘进，体现为一种"哀音"。对"我"与"这里"两者的质疑、冲突，呈现得远远不够充分。哪个时代的人能逃脱掉这种质疑与冲突、矛盾与变形呢？我相信，在所有时代，生性多敏的诗人身上，这种撕裂都会有，甚至会有许多歇斯底里的时刻。只是古人所谓修身，讲求的是祛除这种质疑与对立，而不是去理解它、表现它、加深它。似乎对山水的融入、对自然的审视、对所谓天人合一境界的追求，真的能够缝合一切生存的矛盾与裂隙？我倒觉得，这种状态下所获得的超越，其实只是一种名义上的、臆想中的超越。诗歌作为一种心理行动，本该拥有的混沌、复杂、不可控的、内在的心理酿变过程，在这种写作中被弃置了。

所以，当苏珊·桑塔格（一九三三—二〇〇四）说"旁观他人之痛"、世界每一角落中他人受刑的镜像会"像照片一样攻击我们"时，我在想，这正是"这里"对"我"发起的一种攻击。我们何以产生这种被攻击感呢？因为我们身上，储存着无比充沛的对普遍性正义法则、良知和美的感受力，对爱的感受力。这种感受力，让我们产生生存的痛苦。但也唯此感受力，才配称得上是艺术的源头。然而，吊诡的是，真正的艺术，永不会诞生于这种攻击处在最大强度之时，诗也永不会站在情绪的峰值上——因为人在应急中，无法到达艺术创造所必需的高度专注、高度凝神状态。由此，我们不妨认为，诗本质上是一种回声、反光、余响；或者说，是一种偿还；是"这里"之锤，砸过"我"的磬体（或者正相反）后，因撤离而形成的空白，被低沉的回声渐渐占据的状态；是疾风拂过湖面后，涟漪向远处无尽移动的状态；是影子向光源追溯，在我们心上构筑起的光交影叠的多空间状态。

其实，我们还可以从桑塔格那儿，再往下掘进一层。不仅"我"与"这里"可以互相发起攻击，"我"对"我"本身也会发起攻击——这才真正是困境的起源，也是艺术的一种根本状态。二〇〇九年八月七日下午，在我父亲崩逝的临终一刻，我跪在他的轮椅前，紧攥着他干枯的手。在他的瞳孔突然急剧放大、鲜血猛地从鼻中眼中涌出的最后一瞬，我的内心处在被攻击时的瓦解状态中。但，此刻是没有诗的。我纪念他的诗，全部产生于对这一刻的回忆。换个说法，我父亲要在我身上永远地活下去，就必须在我不断到来的回忆中一次次死去。而他每一次死亡的镜像，都有不同，都不是一种简单的复制：因为对应了诗的创造，这镜像自身也成为一种创造。诗，在对遗忘的抵制与再造中到来，是对"现实存在物中不可救药的不完美"（普鲁斯特语）的一种语言学的补偿。

或者说，现实的所有存在物中，都有着完美的不可救药。扎加耶夫斯基（一九四五—二〇二一）说："你必须尝试着赞美这残缺的世界。"他所讲的这种残缺，本质上，不是世界本身的残缺，而是我们认知的残缺。在"我"与"这里"的关系上，显然，桑塔格的"攻击"一说，比我们耳熟能详的石涛（一六四二—一七〇八）"笔墨当随时代"，更为精辟、有力。一个"随"字，令"我"在"这里"前，显得过于被动与疲弱，也缺乏我上段所言"偿还"的意味。当然，石涛所讲的也可能是艺术的一种真理。

不论是"我"，还是"这里"，它们都会不可避免地陷入各自困境中。对于"我",一个伟大的缺憾始终伴随着一代又一代写作者,即他们竭尽全力地阐释,他们的诗是什么。但诗,正是在被阐释中瓦解的。面对存在,再强力的诗人也会发现自身的弱者之境。无论怎样的阐释,听上去,都无异于一个弱者的自我辩护。事实上,阐释得越清晰,把诗的边界描述得越清晰,我们笔下的丧失也就越多。哪里有什么界线?甚至在所谓"非诗"与"纯诗"这些概念间,划条白白的石灰线,都不过是自欺欺人的笑谈。最终,即便是诗人自己,也会带着对诗的无知而死去。如果说写作的本质,正是企图以言说的方式突破言说的边界、抵达无碍而自在的寂默之境,那么这个过程的美妙,正在于它是矛盾和充满悖论的。也恰因它包含了抵达的无望、方法的两难、写作者强烈的情感灌注,而显得更为动人。写作的有效性,正欲体味在这一过程之美、对立之美,而非一个明确结论的呈现。

正如量子世界和它的"测不准原理"一样,所有诗论反映的其实是这么一种困境:重要的,不是诗人阐释了什么,也不在于那些阐释中,是否存在灵光四射的思想之矿藏;而在于这种阐释的冲动生生不息。凡被阐释的法则,本质上都是陈旧的。只有这阐释的冲动本身,因混合了生之盲目、词之盲动而永远新鲜动人,它让"每一次"都像"第一次"那么诱人。

似乎成熟的诗人更乐于承认:一切不凡的写作都与困境有关。这种困境,不是才思昏聩、笔下无以为继的烦恼。它跟写作才能的枯竭无关。我在《菠菜帖》一诗中有句:"我对匮乏的渴求甚于被填饱的渴求。"没有哪个时代,是什么最好的或最坏的时代,每个时代都有独一无二的困境密码,等着被揭破。一个平庸的时代,平庸就是它最大的资源。当平庸被捅破,它所蕴含的力道,甚至可能比另一些时代的饥馑、战乱、暴政所蕴含的东西更多。以诗之眼,看见并说出,让一代人深切地感受到其精神层面的饥饿感——正是一种伟大写作所应该承担的。当你看到的桦树,是体内存放着绞刑架的桦树,你看到的池塘,是鬼神和尺度俱在的池塘,一切都变了。新的饥渴就会爆发。诗是对"已知"、"已有"的消解和覆盖。诗将世上一切"已完成的",在语言中变成"未完成的",以腾出新空间建成诗人的容身之所,这才是真正的"在场"。我们这个时代,为诗人提供了一个幸运:当科学洞微烛暗,结束了世界原有的神秘性之后,又以在量子领域的新探索靠近了新的更强大的神秘源——世界的神秘性,成了唯一无法被语言解构的东西,也因之而永踞艺术不竭的源头。

当然,完全有必要将诗之思与哲学之思切割开来。我们不能将一种揭示时代困境的诗歌,归结为思考的结果。或者说,诗之感受,远胜于诗之思考。诗的肢体必须是温热的、有生命体温的,哪怕它沉睡在哲学冷漠、灰色的逻辑系统之下。诗的腔调,更接近于孔子将其从《诗经》中删掉的那些"怪力乱神"的腔调。它时而清晰,但它本质上不清晰,它保留着人之思在原始状态的恍兮、惚兮。以此恍惚,而维持对纯粹哲思的超越。也以此恍惚,偶尔获得神启,向着我们这个时代因诸神缺席而造成的空白中弥漫过去。

"我在这里"有一层言下之意是:"一个永恒的生命体被困于此时、此地、此形。"所以,"这里",是一个时间、空间和历史的概念——一个大诗人,最基础的一点是,他必须有能力匹配他所在时代的复杂性、丰富性与特异性。如果将语言世界喻为一块镜面,那么,镜子两侧所索求的,并非一种镜像的再现,而是虚与实两个世界"力的对应"。"力",是写作的一个中心概念,但它既不唯是语言的,也不唯是思想的。它是一个混成的东西,既难以解释又不言自明。也可以泛泛地说,它是精神世界与现实世界的内在呼应。

然而遗憾的是,百年之内,中国社会历经社会形态与固有信仰的大崩断、接踵而至的战争、饥荒和运动,其悲剧性即使对一个普遍人来说,也可谓撕肌裂骨、直入肺腑。也就是说,现实世界提供了一个罕见的、作为思想资源与写作资源的"力"。这种力,在诗的语言世界中找到了对应吗?大致类同的生存际遇,在俄罗斯造就了曼德尔施塔姆、茨维塔耶娃、陀思妥耶夫斯基等大批巨匠。而在我们"这里",除了鲁迅等少数几个作家尚算勉力之外,诗歌上,大约只有局部的穆旦、局部的昌耀和极少数几个诗人的零星反应罢了。不是没有人写,而是他们笔下,"力"的远不到位。很少有诗人在作品体系的精神格局上,具有真正的复杂性,不管其语言实验的表征多么缠绕、多么先锋,其内在的孱弱往往一目了然。也可以这么说,现实资源的丰沛,没有激起心灵世界在语言创造力上的充分回响。

说到此处,会有人起身反驳我,写作者个体是否不应受到时代境遇这种宏大枷锁的制约？确实，一个好的写作者，最好的精神储备，是一种"个我困境"。个我困境与时代困境之间，不一定有因果关系。但那种认为只有宏大叙事，才能匹配时代这种庞然大物的想法，不过是审美力的一个短见。在伟大的写作者那里，一扇窗口、一片垃圾都会被后人认出是"某时代"的，而非"它时代"的。

是的，诗歌可以从一片垃圾上，发现它的时代。似乎到了二十世纪九十年代，才有一批生于六七十年代的诗人和小说家，初步形成与这个世界匹配的复杂性与语言实践的特异性。这种复杂性，可以达到这样一种境界：它并非一般意义地去揭示某种困境，而是他的写作甚至包容了时代的困境。开始形成这样的胃，它既在消化古典的蒹葭，也在消化后工业时代的电子垃圾。从艺术的多维度视角去看，大作品都会呈现"我在这里时也在那里"、"我在任何一处"的超越式镜像，但只有"这里"，才永远是最基础与最清晰的。

我的困境一说，当然不会与"写作的最本质特征，是实现个体的心灵自由"这样的信条抵触。从一般意义来说，我觉得，困境是所有伟大写作者统一的心灵底色。它只是展示了一个思考的维度。比如，其他的维度，韩愈说："欢愉之辞难工。"所有对诗的谈论，事实上谈的都是维度，而不是任何面向操作性的写作指南。

"我"的现代性，唯有从"这里"获得，别无他途。"这里"二字，既意味着现实的、批判现实的，也意味着超越的。有两种途径：一是超越传统而获得现代性。我们这个时代很奇怪，传统既被颂扬者扭曲，也被否定者扭曲。以前，我写了文章专门谈过这话题，传统的敌人——不是反传统，而是伪传统。传统正是依靠从未间断的反传统之力，而得以生生不息地延续。传统，几乎是一种与"我"共时性的东西。它仅是"我"的一种资源而已。我们的写作与思想，要打破的正是这三样东西，即睁眼所见皆为"被命名过的世界"；触手所及的皆为某种惯性——首先体现为语言惯性；可以谈论的世界，是一张早已形成的"词汇表"。这三件东西，就是传统顺手递过来的，是一种必需的遗产。每一代写作者，都是靠着清算语言的遗产而活下去，并在死后，成为这扩展了的遗产的一部分。

另一种，是从对现实的处置中获得了现代性。对诗歌而言，我觉得，存在四个层面的现实。一是感觉层面的现象界，即人的所见、所闻、所嗅、所触等五官知觉的综合体。二是被批判、再选择的现实，被诗人之手拎着从世相中截取的现实层面，即"各眼见各花"的现实。三是现实之中的"超现实"。中国本土文化，其实是一种包含着浓重超现实体的文化，其意味并不比拉美地区淡薄，这一点被忽略了，或说被挖掘得不够深入。每个现存的物象中，都包含着魔幻的部分、"逝去的部分"。如"梁祝"活在我们捕捉的蝶翅上，诸神之迹及种种变异的物象符号，仍存留于我们当下的生活中。四是语言本身的现实。从古汉语向白话文的、由少数文化精英主导的缺陷性过渡，在百年内又屡受其他话语范式的凌迫，迫使诗人必须面对如何恢复与拓展语言的表现力与形成不可复制的个体语言特性这个问题，这才是每个诗人面临的最大现实。这样切分，是为了强化认知。现实中的一个事件，时而就是这四层紧密抱成的一个整体。

而当"这里"向无数人敞开时，只有"我"成为语言学实践的一个特例，它在审美上才是有效的。我想引用王尔德（一八五四——一九〇〇）的一句话："语言，它是思想的母亲，而不是思想的孩子。"我上面讲的困境的现实也好，现实的困境也好，事实上只是在语言所覆盖的范畴内讨论而已。在这里，我们得甄别一下词语与语言的二者之别。一个人在夜间独自聆听的沉默，是一种语言；无端端在心中回旋又难以言喻的旋律，也是一种语言。《毛诗序》说："在心为志，发言为诗。"此处的"志"，类似于当代的语言概念。而写作，形成的是对词语的驾驭力。词语是派生的、短促有声的，而语言是母性的、漫长的、充满静穆的。我一直主张在词语的组合上，保持充分的弹性，以便在一首诗内部形成尽量多的空白，为那些不能显形为词汇的语言，留置更多的呼吸空间。这几乎是在说：空白，其实是一种最重要的语言。语言于诗歌的意义，其诡异之处也在于：它貌似为写作者、阅读者双方所用，其实它首先取悦的是自身，服从于自身运动的规律。换个形象点的说法吧，蝴蝶首先是个斑斓的自足体，其次，在我们这些观者眼中，蝴蝶才是同时服务于梦境和现实的双面间谍。

谈论语言问题的切口取之不尽，无法在这里深入下去。但有一点，在当前的时代尤其需要警惕，即写作的个人语言范式，必须尽量排除公共语言气味的沾染。当前的自媒体时代,也是最容易形成公共语言统治的时代。公共语言范式有个显见的优势,那就是传播效率高,但个人写作不能因此诱惑而屈膝于它。诸如上述有关困境、传统等话题的讨论,我只是想,应有更多的"力"渗透到我们的个人语言系统中,令其更加充沛、充满——正如孟子所言:"充实之谓美。"

辑七
二九九—三五七

二九九

　　诗歌中确实有这样一种力量，或者说诗人有这么一种企图，即以语言的神秘刺激，来赋予人体一种官能性的超越：见所未见、见所不能见、不见犹见……突破了某种屏障。

　　而此超越性能力的本质是，在这首诗载浮载沉地引导着你，亲手捕捉到一种美之前，不曾有任何"美"存在于这首诗中。

三〇〇

　　对写作者来说，"神秘"二字的真正神秘性在于：它看上去更像是一种勤苦而深久的习得，它应该赞同百丈怀海所谓的"一日不作，一日不食"。

　　长期的自我训练，可能会带来一些神迹。但自我训练的正途，是塑造、创造及其愉悦；不是为了"出神"，不是为了自己的身体成为极少数能开出一朵花的身体之一。

三〇一

　　有一年夏季在印度洋中的塞舌尔，看见一堵布满弹孔的墙。显然，墙上未被击中的部分刚被白石灰新刷过，密集的弹孔因之更令人惊心。没有确切的历史叙述，只有我对细节的无穷想象。奇怪的是，这个星球上大规模的杀戮、尸积如山的战役数不胜数，而我见过的最多弹孔，居然只在这样一座孤悬海外的小岛上。"岛的四周，是很深的拒绝或很深的厌倦才能形成的，那种蔚蓝。"

我站在这堵墙之前，蓬勃而生的野树已高过人头。由自然界以大洋紧闭的方式保留的，这么一点点历史的真实，也终将由自然界以另一方式渐渐吞没。

三〇二

人常于一怒之下做出某类重大抉择。

我迷恋的是一怒之后，那种稍纵即逝的、回过神来的宁静。这是一种幽微的宁静，像沥青路面断裂与破损处的明净积水，与生命中其他任何时刻的宁静都大不相同。

三〇三

生病时目睹世界的清淡
一种减速的、恍惚的清淡
有一座被过滤的世界
所有物象、欲望和幻念都蒙着一层薄纱

三〇四

　　一个人蒙受屈辱，算不上人生的重大事件。
　　但一个人从不忘却这屈辱，并缓慢、深刻地甚至是不着痕迹地被它所改变、再造，这才算得是重大事件。

三〇五

　　写作是向一个词讨要水源。如果一个作者能创出一种行之有效的办法，在每个词中，都会有不竭的水源。
　　对一首诗而言，源头的词只有一个，写作是从这个词导引出一种恣意与流动。

三〇六

　　诗歌的传播力类同花粉，以颗粒连接着颗粒的方式。语法如风速影响着它的强度。
　　一首诗中，可以诞生出另一个或无数个语言的行动者。

三〇七

　　诗之力量在于单一性之上的爆发力，或者说是把所有的力汇聚于某种单一性之上。
　　诗，如果没有对纯度的迷恋，就没有自身的生命。

三〇八

　　再庞巨的诗篇也需要不断地从最末梢的细节上捕捉某种惊醒。所谓整体性力量，其实是一种醒不来的东西。
　　我们忍受着语言在这个时代决堤后的泛滥，而那些最细小而传神的东西，依然是稀有之物。

三〇九

　　文字喂育的一切如今愈加饥饿
　　拿什么去痛哭古人、留赠来者？

三一〇

　　我跋山涉水猎获的温暖并
　　不比我茫然偶得的更多
　　四壁一动不动，仿佛有什么在
　　其中屏住了呼吸
　　来自他者的温暖
　　越有限，就越令人着迷
　　我写作是必须坐到这具必朽之身的对面

三一一

　　终有一日我们
　　知道四壁的空白是滚烫的
　　这空白对我的教诲由来已久
　　我书房中最重要的知识是这四壁的空白

三一二

　　词，会成为人的长眠之地吗？
　　一个词在句子中停顿
　　但下一个词的
　　舌根有可能是冰凉的
　　写作是把词的砖块砌在流水和漩涡之上
　　这一砖一瓦
　　须满含敬意

三一三

　　缄默乃我辈天赋
　　把一个销声匿迹的人从
　　他写下的诗中挖掘出来
　　从阅读维度是一件美妙的事
　　掘入他的缄默，比复制他的形象更要紧

三一四

一个词内在的灼热
像奇异音乐环绕我
枯叶的声音暖融融
新我何时到来？不知道
因恐惧而长出翅膀是必然的
我脚底的轻霜在歌唱这致命的磨损

三一五

月亮在旷野中犹如先知
在人头攒涌中有没有一个脑袋：
它里面的智慧不是我的，但里面的
恐惧和坏念头是我的
它里面的粮食和玉帛
不是我的，但瓦砾和
废墟上的月亮是我的

三一六

"写什么"或"怎么写"这两个问题似乎一直在吞噬我们，让人踌躇不定。初习者尤为畏惧，而一旦"动起手来"，他们的紧张感往往立刻会消失。

具体到一首诗中,当这首诗最初的爆发点很清晰地从细节上展现、"形象的召唤"到来之后,这两个问题事实上就荡然无存了。

三一七

曾经绝望、但已"度过"的眼神是清凉的
这绝望必不可缺
犹似在漫游中我需要一座坍塌过半、再也不能
攀登的塔

三一八

塔身嵯峨
塔尖难解

三一九

经卷不必读,枯枝在湖面的凌乱
不必读
整座塔被一声鹤鸣携带移入的松影不必读
只有"不必读"犹如坚钻
在嗡嗡突入意志的蛮荒层面

三二〇

忽上忽下,塔基与鹤鸣
入云的
已消逝
入泥的,正在错觉中再次入云……
我们在
一张薄纸上的病
痊愈了吗?
我们在建塔时曾滚烫的双眼
凉下来了吗?

三二一

雷声在窗上消隐
餐盘中鱼鳞已尽
幻识的大海舟楫纵横
一阵阴沉小雨
正迫使一首短诗到来

三二二

我被绑定在他人的叙述中
那些眼光燃烧我

我被冲刷在自然的
溪水中
那些鸟鸣释放我

三二三

诗需要在一种紧张关系上
凝成自身的寂静——
假设Ａ地是釜中未融的
冰雪而Ｂ地是尚未点燃的柴薪

三二四

阿姜查说你捡起一根棍子
就同时捡起了它的两端

三二五

　　在"写"和"读"之间，确实需要一种平视的眼光。比如一首诗，对作者"自我"的影响是明确的，对"他者"的意义却非常难以把握。是启智？是情绪或情感的共振？还是提供了一次心领神会？面对无限的"他者"，即有无限的可能。
　　而每一种可能之间，都隐含着"写"和"读"双方的生命价值，无论是喜欢还是厌恶这首诗，都是这种价值在发生作用。"写"和"读"之间，任何一类轻视都是不适当的，对另一方的敌意,事实上也是对自身的不确信。在两者间,始终不丧失一种平视的眼光,也可看作是写作的伦理。

三二六

在"空"之前冠之以一种
还是一次?这想法折磨着我
在我们的语言中
"一次"中有壁立
而"一种"中有绵长
忧愁壁立
忧患绵长

三二七

写作时我拥有石榴趋向浑圆时的寂静。

三二八

"人眼只能看到三百八十至七百八十纳米之间的
电磁波,即可见光的部分。人耳只能听到
二十至两万赫兹之间的声音,即听觉的
响应范围。换句话说,人类又聋又盲
如何有能力认知这无垠浩渺的世界?"
但换个维度,界限即被划出即被刺穿

界线的语言与浩渺的语言何来二致?

三二九

　　川端康成写不了聂鲁达笔下粗粝野犷的矿石矿井,聂鲁达也写不了川端康成笔下即舞即融的雪片。当佩索阿在当地报刊上化名不同的作者写下相互攻讦的诗文时,许多人坐在他体内吵闹似鼎沸,他知道,"是那些名字在争吵……"。
　　一枚月亮在一千口古井中,有一千个名字?川端康成和聂鲁达,或许只是佩索阿的两个替身。旧桌边加入论争的人越来越密集,或许还有隐身的刘勰、曹植?所有人耗尽心血所辩的,其实是同一个问题?佩索阿——一个失败的戏剧大师。

三三〇

　　每一种亡灵终会胀破地面
　　每年初春,我认得竹笋和蕨芽

三三一

　　是逝者伴随我们完成从
　　A地到B地的徒然迁徙
　　父亲高挂于途中任何一处

三三二

不悬于任何一根钉子的月亮
不依靠任何事物而成的恍惚
滋养着我们慢慢对应
写作最深的迷人之境

三三三

对一个盲者讲述蔷薇
和玫瑰之别吧。他能够听懂
正如我手上残留着数十年前的
一次触觉惊悚：蟾蜍的沁凉不同于
世上任何一种已知的沁凉

三三四

结冰的湖面是水的遗址
萧瑟，固定了某种语调
被风剥光的枝条是诚实的
我们在日渐下沉的舱中睡熟
夜间，偶尔有几滴冬雨
雨滴顺着垂直的柳条
刺穿地下死者的喉咙

三三五

人群中有隐身人
涟漪里有邈远星系
鸟儿中有八大山人
人的孤独来自"人是
擅于自欺的物种"

三三六

为什么这座城市的每堵断墙下
都坐着一位蓬头垢面的叫卖者？
几根枯草茎捆着的小青菜的
老妈妈？她们不来自任何地方
她们从断墙下长出并在原地衰老

三三七

不经一场凶险搏斗就不能
轻易把自己从枷锁中释放出来？
其实，许多时刻我们忘了
可以轻轻地就推门而出
"王阳明晚年，就是个通透的
傻子。他一坐下就一动不动，

像在由坚硬的空气铸成的枷锁中"

三三八

山间，清冽溪水中有
一场弹奏正在发生
我们意外地闯入
将全身埋在水中
溪水在我们紧拉着弓弦
却尚未出声的腕上流泻
我们听见的其实是内心模拟的溪水声

三三九

审美的坏疽时而
像阴翳遮蔽视线
我们是否看清了松枝上露珠
这一身科幻又轻佻的弹性？

三四〇

　　写作中对抑制和化繁为简的强烈渴望，同样也会造成一种奴役：既有对自我的奴役，也有对语言的奴役。
　　八大山人笔法至简，在偌大的纸上只画一条枯鱼，连波浪都无须画上。他的抑制令他自简中出神。他的鱼是自由的，不是奴役的。

三四一

  暮晚的巨大雀群重如铅云轰鸣
  人类容易被集体力量感染的心
  很难长时间凝聚在具体事物之上
  我们谁又真正看清过一只幼雀的眼神？

三四二

  文学意义上的形式作为一种内容，在完成一次性创造时，应该把它对自身进行颠覆的冲动包括在内。形式流变是文学的动力源之一。
  推而言之，亚里士多德迷恋的"实体"，也从来不是聂鲁达、韩退之、杜工部眼中的实体。

三四三

  你视之为绶带
  我视之为齑粉
  一首好诗中总是隐含着对一部分人的拒绝
  同时又在展开与另一部分人的深情对话
  当然，这两部分人也可能是同一个人的两个时刻

三四四

　　在鲜亮得快要疯掉的油菜花田，野蜂纷飞。
　　针尖、针管、花粉……经过腹部多么玄妙又剧烈的运动，才有了蜜。而世上的悲欢离合，又慢慢篡改变着我们嘴中蜂蜜的味道。

三四五

　　钉子般星光下
　　流砾聚散，大河改道
　　当年的掘墓人变成了今天的守墓人

三四六

　　垄上淡紫色豌豆花开
　　一年中最寡言的时节
　　土壤中孕育的灰蛱蝶在
　　学校小黑板上扑腾
　　一种阴郁欲望占据着
　　一个班级的身体
　　毛茸茸的风吹过
　　建筑调换了位置
　　而哭声仍在原地

数十年。持续的行动压着泪水
渗入地下的东西终究被根抓住
荒芜已至。我地下的父亲也
需要一个新的名字

三四七

真正的文学力量当然不是看见卑微、怜惜卑微,而是真正活在卑微里面。不存在外在的视角和居高的、透视的眼光。透视了,其实就无所谓具体的处境。不能自知或无须自知,才是卑微的核心特性。

三四八

齐奥朗说:"圣徒活在火焰之中,智者活在火焰之侧。"
火焰中心有冲动、雄辩、献身。火焰之侧,有冷却、旁观、自嘲。写作,必须截断意欲投身其种社会洪流的痴心妄想。

三四九

举目近当代,大概再找不出如陈寅恪般痛苦的汉语诗人。《寅恪先生诗存》中充塞着"衰泪已因家国尽,人亡学废更如何","欲著《辩亡》还搁笔,众生颠倒向谁陈","遮眼人空老,蒙头岁又除。哪知明日事,蛣蜋笑盘虚"的气息。大家都知道他的痛苦是因为心有所系，系之愈牢，痛之愈深。可有几人懂得他用柳如是来填补某种"缺席"是因屡历绝望却不能"自我接续"？世上又有几人依然在注目"自我接续"之珍贵？

三五〇

　　我们假设一切发生即自有其目的，也自有其奥义。大到巨灾国变，小至书桌上一只玻璃杯的突然炸裂，我们设定这一切都不是"漫无目的之来临"。
　　在此假定中，人的感受力会变得敏锐，世界也因之愈加幽深和生机盎然。

三五一

　　当一个疯子自诩为上帝时，我想上帝会让位于他。但上帝不会因为让出了位置而成为一个疯子。
　　没有一个可以随时空出来的位置。没有一种可以随意空掉的价值。没有一个可以随意被替代但却无损于自身的符号。任何一种神圣的意味和任何一种智慧本身，会在他人的赞美或攻讦中远离它自己。

三五二

　　听命于内心，保持对自我的高度忠实，是一件很疲倦的事。那么，矫饰而深掩，处处遮蔽自己内心，甚至逢场作戏呢？同样是件很疲倦的事。

这怎么可能是两种疲倦呢？

在这两种状态下都很轻松的人，要么是个率性生活的天才，要么是一个彻底完成了对疲倦本身的解构与反省的通透之人。

三五三

一种固有的审美惯性，或者说文学的习俗性、体制性力量，对一个成长期的写作者确实有着强大的吞噬能力。

保持对这种吞噬的清醒认知与警觉，自然是必要的。而反吞噬，却并不意味着你要去颠覆。更美妙的一种努力是，远离此吞噬，找一个没有他人脚印的"别处"去新生。

三五四

当谬误作为谬误存在时，这谬误不失为一剂良药。

当你远离一件东西时，应该明白这样一种危险：许多时候，我们会在不觉中重回它的体内。我们因执着于对某个人某件事的抑制，而成为它牢固的一部分。

三五五

凝神于事件而非形象，凝神于过程而非结论。

三五六

没有潜意志的蛮力参与,一首好诗几乎是不可能完成的。

人在被潜意志冲击时的状况往往是:产生"被抛入感",遭遇表达的危机,惯性的语言秩序被打乱后,出现一些词的新组合。这些组合看上去混乱、无序、新异。诗必须是装入这些的容器。

理性的语言逻辑中,并无诗的血肉。

三五七

沉溺于写作中的"技术活力",暴露的其实是文学上的一种怯懦。技术进境当然会给作者带来一种抚慰,也会形成相对的价值,却不可能带来任何本质意义上的进步。

如果说写作的宗旨,是藉语言之途去发现生命的新价值,那么,越是以朴素的语言方式,呈现的新价值就越是确凿。

当然,文学中的朴素,不来源于方法的革命,更不可能是一种策略。这里讲的朴素,更是跟匮乏无关,跟现实生活中可以量化的东西无关:它是生命体自身的清淡,是一种有力者的清淡。

辑八
三五八—四一七

三五八

一个诗人对世界和语言要完成双重的体验。一个小说家呢？对世界重在体验，对语言则重在理解，他最核心的需要，是语言的工具理性。而诗人须更深地参与语言中禁忌的、混沌的、神秘性的一面。

三五九

如果一首诗的内核仍是神巫的、山水的，世界是它感受的对象而非理性力量所欲掘进的对象，那么不管这首诗有什么样的形体，也不管它包含了多少本时代的、时髦的现象符号，它依然是一首古诗。

三六〇

诗的力量并不限于某种去蔽，它最终会形成新一轮的遮蔽，作为其完成的象征。

如果一种新的文学，有能力去除蟾宫、嫦娥、玉兔、伐桂等诸如此类对月亮的固有遮蔽，并产生新的遮蔽性形象深入人心，那么，伟大的文学力量就诞生了。

三六一

在遮蔽和解蔽之间，科学似乎正扮演一种适时且日渐诡异的角色。

当代科技终于可以将曾由想象力统治的遥远事物，移到了显微镜下，"量子"这样的幽冥之物，以一种不可思议的方式出现了。科学看上去洞微烛暗，所有人高度依赖"科学"这种认知模型，并越来越适应自身的这种依赖。真正的危险或许将在此处现身，恰恰就在"科学"的掩护下，事物的本相在逃离。

它们的逃离，仿佛它们的自蔽。

三六二

事物的自蔽，正是文学的空间，我们在其间荷戟而战。

我们挥戈扑向的对象是时间，或者说是人这种有限之生灵对时间的想象：由生命之必逝的紧张感造就的一种被命名为"时间"的幻觉。

三六三

去蔽从来不是诗学的目的。诗歌企图占据去蔽后形成的巨大的心理空白、情绪空白和命名的空白。

三六四

　　一个写作者写什么？世上确实有"不常之心"。怎么写？也确有"不常之词"。
　　有两种状态似乎是刻意取悦于阅读：以"平常之词"写"不常之心"，或者反之。但这些都是含混的、不着边际的表达。当然，此处的常与不常，也仅指出现的密度，跟庸俗与否并不关联。
　　只有形式主义者的目标和操作，是最清晰的。形式上的创造，从方法上算是种捷径，但据我观察，一个写作的形式主义者也最容易厌弃自己。

三六五

　　已经失去的现实，可以在一个人身上不被察觉地加深着。当它被记起，它就面临着第二次失去。

三六六

　　从一个人身上不可能看到时代全部的现实，但几乎可挖掘出时代全部的真实。
　　只有个体的生命体验，既是现实的，也是历史的。

三六七

当一个人活着并开口说话,他就是历史的。历史的血脉律动,在他使用的每一个古老的字词中。

三六八

把字和词的沙子拧成语言的绳子。

三六九

如果写作能成为一种日常的劳作,不必负有"载道"的使命感或戴着务求精品之类的"铁帽子",那么它对自我完善的意义是不言自明的。

至于这种劳作以什么样的机制,令自我臻于善境,那是另一个话题了。

三七〇

一个良性的写作进程,是从"总活在想把世界填满的冲动里"到"总想构置出更多的空白来"。

空白在诗之创作中有非凡的意义。也可以说,诗的核心,正是由一堆词如何携手构成一片足以让你沉陷其中的空白——或者说,词语如何在运动中消除自身体内的声音而组成一片永恒的静默。

三七一

　　个体意义的人,需要诚实面对世界的浩瀚、一己的卑微,在此基础上自会形成对世界的洞见。
　　一个诗人不是通儒大哲,无须以所谓精神的厚度来面对世界——当诗人看见并忠实、精准地书写一己的弱小时,这弱小也是通神的,是一种无限延续之力。就像在被无穷地践踏中再生的野草,当它被出神地表达,它就是生命的强大与厚度本身。这是诗性的厚度与格局,与俗世的强弱不是同一维度的东西。

三七二

　　写作的力量有赖于持续的行动,灵性和智慧在持续加压的行动中到来——没有确定的时辰、没有确定的路径。那种"妙手偶得"的现象,如果不是在持续而紧张的语言实践的间隙中到来,那么它就是一种虚妄的期待,或说是一种投机意识。
　　我以前的写作,是即兴而随机的。到了这个年纪,我会趋向更规律而持续的行动,越写越会觉得离内心的暗许遥远得很。在每一个阶段我们要做的,其实都是持续行动——不设目标,不问收成。

三七三

每一颗心灵的成长史,几乎都是一种秘史。
换句话说,一颗心与它所在时代的巨大丰富性之间,并不一定存在正向对应的关系。写作不应在此习惯性地纠缠不息。

三七四

落叶飘零,是在生的世界随波逐流。
枯而各色,是在思的世界寸步不让。

三七五

我在微信运动上添加的唯一好友是我妈妈。老人家七十多岁了,独自住在遥远的小镇上,每天走七八千步。许多时候,我的愿望是只比她少走那么一两步,看上去仿佛我们在小道上并肩而行。

三七六

关于写作,一种最坏的状况是,独自面对自己时,也产生表演的冲动。但吊诡的是,那些伟大的天才们又几乎都这么干。我只得认为一人分饰两角或多角,甚至是世俗生活也过度让位于这种分裂,是一个天才的内部事件。

三七七

在散步中我缓缓地由一个分化为一群:

洞石的我。浮尘的我。沙砾的我。挺身出水的银色小鱼的我。在嘈杂拱桥下寄居了二十年流浪汉的我。站在一堆杨树中榆树的我。虬枝向天的老松的我。正在凋零的柳树的我。在立交桥上冲着人群大喊大叫的,疯子的我。咽喉被割断的,雄鸡的我。在小摊上吃炸鸡的民工的我。忽地令民工泪下的,记忆中母亲的我。趴在郊外荒岗上哭她自己的我。在旋转的钥匙下被抵到疼处的我。吧嗒一声被打开的我。杂乱的卧室中的我。若有若无的我。在闪烁霓虹中目迷五色的我。在书房中"被读"的我。在被遗忘中悄悄完成了某种神秘贯通的我。

三七八

一首诗通过一个诗人成为它自己。在穿过这个人时,它是不完整的,不具有语言形态。

诗人伏在这首诗中成为一个隐在的要件,一个不断被锤炼以迎接新生的要件。

三七九

所有的诗,都是其作者在潜意志中向记忆源头的回溯。所以,一首诗只能由唯一的人写出,任何摹写都注定是失败的。

三八〇

自觉的写作者,自觉于从不对潜意识做任何抵抗。他会随着某种混沌浮沉起伏,从一开始的昏头黑地,到渐渐地能在其中自由呼吸,他放任这种混沌参与他个人气质的形成。

三八一

写作者同样应当自觉于另一种努力,即最大程度保持对自身的陌生感,视自身一如独立的客体,仿佛今生头一次碰到。成熟的写作者有能力完成这种割裂。
这也是一种觉醒的个人游戏——像维特根斯坦所期许的那样。

三八二

如何控制作者在其作品中过度的现身,是一种重要的抑制之道。

个人气质太强烈,是文学对人的绑架。但同时,写作者又应该警惕被自己的作品过度稀释。

三八三

作者在一首诗中的完成度越高,读者就越难在这首诗中抵达他自己。

三八四

凡宣称抛弃阅读的写作,皆陷入了自欺的泥淖。
真正有效的阅读事实上在作者之写的进程中,就以一呼一吸的方式完成了。

三八五

作者的现实生存,难免会成为他作品的一种隐喻。更多时候,倾向一种讥诮。个人对现实的超越也可藉此达成。

三八六

一个诗人的众多作品中,那些散落的、时而相互矛盾甚至对立的分身,有时也会凝结成一个统一的形象,来完成对诗人现实形象的虚化。
你会感叹这替身之精确、之无奈、之凶猛。这些分身之间的张力，是一个诗人生命魅力的显露，但有时又令他的生活可悲地戏剧化。

三八七

只有虚弱的诗本体，才需要作者用力地去完成、读者消耗着去进入。

真正强悍的诗中，布满一种难以言喻的轻松。

三八八

艺术史上有些疯子，因抑制而为诗人而为贤圣，只是他通向后两者的"空中索道"，他自己根本看不见。

三八九

疯子有他自己眼中的美景良辰。

不理解他的沉溺，因为我们不能见其所见。我们没有他那双燃烧着的眼睛。

三九〇

让我们去想象一种未被风格化的诗歌：犹如沉疴中的呻吟，或者是单调又无限循环的诵经声。

三九一

　　如果一首诗中缺少作者对语言的恐惧，那么这首诗本质性的力量即会衰减。
　　有时，正是这种恐惧征服了内心存有同类型恐惧的读者。

三九二

　　见花即在花中，见粪即在粪中，见俗即在俗中。
　　诗歌从不避让与任何事物的遭遇，它让一切物象在语言中成为自足的生命体。

三九三

　　同为宇宙间被光线折射、浸润、点染的一块云，只是被语言分别命名为"朝霞"和"晚霞"，我们的所见与所感，我们的进入，便会如此不同。
　　朝霞晚霞，一字之别。虚空碧空，裸眼可见。赤膊赤脚，水阔风凉。枫叶蕉叶，触目即逝。

三九四

　　诗性是"没有"与"无"间的微妙区别，或说是微妙的加深、难言的觉醒。

三九五

钝象。奥维德说:"有艺不露,乃为真艺。"

真艺无所谓露不露,它和日常人事、物象的咬合异常严密,或说并没什么边界。它是钝的。虽钝中有敏,却敏而不张,远不至像锥子在布袋中那般刻意、机巧。

状若老烛迟燃,暮色临窗。一个人遣词造句、谋篇布局中有"钝象",不是审美追求所得,只是心性的显出。

三九六

对熟人,猜得透了是温暖。全然的敞开时而叫人厌倦,哪怕是在酒桌上,有时也会有言尽之虞的困扰。

猜,恐怕算是智慧一脉的清源,人在其间醒来。好处是,它是真正清静的。

三九七

一个人所受所感的屈辱,是件好东西。它既是个人史的,也是最嵌入时代的。

唯一担心的是,它在写作中被情绪和虚荣心所篡改。

三九八

缺少智慧的人（比如我）对智慧本身有一种强迫式想象，他知道真正的智慧不为解决具体的难题而来，也就是说，它并无针对性。

因为没有完成某件事的紧张感，所以它是随意而轻快的，又恰因这个特性它常被忽略或贬低。

三九九

写作者要有一副痴心肠。

思之未到处，或泪水反复洗刷处，是为净土。

四〇〇

好诗的根本能力之一，是它顺着视觉的渠道，几乎是同步在你的味觉、嗅觉和听觉中激起反应，甚至是不适的反应。

它必须强悍到，企图在意识中触碰到意志的、本能的层面，让你觉得它既理所当然的是一种愉悦，同时又必须是一种神秘的挑衅。

四〇一

诗歌中的"言必及义"，覆盖着"言不及义"。

四〇二

　　写作是这样一种行动：它逼迫你看见一个隐蔽的自己和更内在的自己。这个自己得以区分人群，是杜甫得以从小吏中脱身、李白得以从街头醉汉中脱身的一种行动。
　　动荡的个人生活更利于看到这个自己。固化的生活形态中的写作者，需要花费更大力气投身于这种行动，而在写作中趋向自觉。

四〇三

　　不存在一种可以被孤立谈论的传统，也不存在一种于母语之外被传神道出的传统。

四〇四

　　无数个一闪念集合起来仍是一闪念，而非永恒。
　　诗歌中包藏着从一闪念中去触碰永恒的胆怯、痴想与坚韧。

四〇五

　　真正危险而美的际遇仅在同类中发生。露水和羽毛，被揳入青石。

诗擅于记录最软弱的和刚刚醒来的东西。

四〇六

果子熟而离枝
此时，空着手才是王道
无论是取的手
还是舍的手
将我们贯穿并占据我们味觉的
果实早已枯掉
"再不去剖开它"
源于我们对其形状的珍爱
虽然它的内容已被时间抢劫一空

空了的硬壳里
紧绷着空的神经
空了的桌面上
放满了阐释空的卷帙
而空了的回声
由那些来历不明的物体输入我们的耳朵
许多东西被烧成灰烬后才能觉醒

我知道将"空"作为武器
的文学已经结束
而以空为对象并在此

恢复原形的时代正在到来

四〇七

据说饿死的人脸肿胀像
一只发亮的灯笼
在阳光照射下现出五彩的光晕
一阵微风吹过
这张脸噗地一下就会破掉

四〇八

土壤之内的蔚蓝难以告人
而黄土之上的怒民如鲫

四〇九

枯叶蝶究竟是谁的一次发明呢？
下午的湖水像煮沸后又归于偃静

四一〇

瓶中有巨蟒
灯外有黄昏
药片的苦味在口腔像一把黄沙逝去

四一一

　　每天如此
　　这条小路的尽头
　　是一株垂柳和
　　垂柳的虚无

四一二

　　无论我们怎样肆意流动，堤坝总是
　　先于我们来到世上，牢筑于我们的两岸

四一三

　　当秋叶凋零，树叶锯齿般的身体
　　在穿梭的车轮下被碾碎
　　我能感觉到一双手把我们
　　从粉碎中拉出来，注入新的容器
　　每天从床上醒来都像从
　　被磨损而成的齑粉中恢复成人形

四一四

　　不仅有趴在地上的山羊

也应有悬浮在空中的羊头
不能只有枯萎的玫瑰
也应有枯萎的神位

四一五

一种空,随着嘴唇在笛管中裂成五音
这种空
像一个人取经归来

四一六

枯萎发生在谁的
体内才抚慰人心?
弘一和李叔同,依然需要争辩
用手摸上去,秃枝的安静比新叶的
温软更让人怦然心动

四一七

枯萎是来,
还是去?
时间逼迫弘一在密室写下"悲欣交集"四个错字

辑九
四一八—四七七

四一八

　　要讲雅俗同炉、化腐朽为神奇，大概没有比一个性格娴静的京戏旦角演员，将名字从"张灯"拆成"张火丁"更生动的了。

　　有一种夜半大雷雨后，老街孤牖独明的寂寞。

四一九

　　若言迷途知返，体内山羊满坡。

四二〇

　　（坝上轶事）黑池坝边上，曾住过一个令人费解的"巫师"。

　　当然，也有人直呼其为"骗子"。此人姓乔，五十岁出头一点，说起来算是我的熟人。当年，老乔在距黑池坝最近的菜市场——三里街菜铺设摊卖菜时，我是他的常客。他的摊子占了西南角最惹眼的位置，摊前熙熙攘攘。最初引起他注意的可能是，虽然他卖的品种繁多，但我每次只买芫荽一样，且一次只买二两，多年如此。安徽中部的江淮丘陵地带，砂壤红壤板结瘠薄,酸性偏高,所以本地芫荽根瘦须长,茎壮叶涩,属菜市中少人问津的"半弃品"。老乔的芫荽,不知来自何处,根部壮硕如山参,茎枝嫩脆异常,折之有声,用手指在叶上轻轻一压,即满指绿汁,衣袖染香。买二两老乔的芫荽,斩根洗净,用沸水快速地涮一遍,剁成碎片,以剥壳去皮的花生仁和麻油冷拌,是我这辈子唯一能亲手炮制的绝味。许多个傍晚,我弄一盘这样的芫荽,坐在三楼阳台上,面对黑池坝的沉沉夕光,喝上个三五杯的二锅头。

大概是一九九八年初夏,一个诡异的话题在三里街菜场历久不衰。老乔从与黑池坝暗流相通的南淝河一座石桥上,莫名其妙地掉进了河里。因为是深夜,他身子矮瘦,估计是弄出的动静不大,掉水后竟无人发现。据后来把老乔送至医院急救室的警察推测,是几个夜间用电网偷捕的惯犯,在把鱼电晕的同时,把浮在河面不省人事的老乔也电醒了。好在那些年的惯犯们,大多良知未泯,大家七手八脚地把老乔折腾上岸,扔在桥畔颇为醒目的路灯之下,才逃之夭夭。

真正令人毛骨悚然的怪事,一连串地发生在老乔老婆从医院把他接回家之后。首先是他突然奇异地掌握了远隔千里、此前闻所未闻的多种拗僻方言。躺在床上发烧时,说的是匪气很重的湘西话;与前来探病的老亲戚聊着天,忽地就话头一转,说起了闽南一带的客家话;有时,走在路上无端端地嗓音陡转,说起黑龙江漠河一带的纯东北话……据安徽大学研究语言学的几个年轻教授跟踪多日得出的结论:老乔这些外省方音不仅地道纯正,而且许多生僻字词,即使在当地也已失传多年。

有一天凌晨，老乔忽然直挺挺从床上坐起，推醒老婆，让她"取纸笔来"。这把他老婆又惊了一下。两口子幼时家贫，都是半文盲，哪有跟纸笔的缘分？他俩又膝下无子，不像别人家有念书的孩子。卖菜靠的是一把快散架的老算盘，家中哪会有现成的笔墨？因有异事在前，老婆不敢怠慢，赶紧起身在巷子里打转，好在邻里中有早起的小卖部店主，赶紧买了点回家。老乔端坐桌前，提笔以当今"风骨稀见的魏碑体"（本市书法家协会聂主席语）写下八个字："桥行水止，穆穆真如。"

据说有好事的朋友，翻遍了佛典和《五灯会元》一类的书，也没查出这八字的出处。我个人推测，这八字与老乔落水濒死时的景象相关，无疑应是他的原创。但仍有人怀疑是"背后有高人作局"。市面上常有这样的把戏：写好偈语，书于纸上，弄些显影水之类小手段让它"延时"显现。这一类障眼法，在民间倒不算稀奇。

疑惑归疑惑，挡不住邻里们潮水般涌动的焚香磕头的冲动。老乔家的旧房子，很快幻化为神庙。据说还有人不远百里而来。我确知有人就自称是从旧地图上才能找到的"暹罗国"来的。有人半信半疑地磕着头，壮着胆子拿些隐私话题，去验一验老乔的"成色"。比如，有人会说：我爷爷昨晚托梦，说我几个早年夭折的伯伯在地下饥寒交迫，让我按人头烧点黄表纸过去，可我爸死得也早，我根本不晓得家中早逝的长辈有多少，请"乔大仙"指点。其实，地上趴着的这人心中藏着一块明镜。老乔就慢声细语地宽慰他不用急，你的上头，并没有"几个伯伯"，只有很苦命的两个姑姑，分别死于哪两个年头,生前有些啥嗜好,爱穿什么颜色的衣服,等等。跪在地上的那位惊悚不已,唯有不住磕头,以平衡自己被神秘力量吓得乱颤的身子。据巷子中的老人说,老乔历事数千,无一失算。

按说,迅疾积累了大量财富的老乔,可以换一个大宅子住了。可他依然蜷缩在这条陋巷中,弄得这一带车堵如龟行。警察很快就坐不住了。几个不信邪的年轻警察推门而入,严厉地训诫了一番,老乔也照单全收,一一道歉,表示过夜即改。又一一地赔着笑脸,敬茶奉烟,躬身送到巷外。有一回,"依例训诫"的警察中,有一个姓陶的年长者。老乔盯着他的脸看了半天,告诉他:明天上午十点整,你家中会遭贼,请务必要守在门外的暗处,否则会追悔终生。

陶姓警察第二天,从九点就藏身于家门口的樟树丛中,一直守至十一点都丝毫未见动静,忍不住无名火起,想下午来揪住老乔兴师问罪,撕破"骗子"的脸皮。等他回到办公室时才发现,上午十点多一些,一辆失控的大货车撞入他临街办公室的房间,桌椅和存放档案的铁皮柜,被巨大的车头撞得面目全非。就这么,躲过了一个生死大劫。这些逸事,在黑池坝喧闹一时,当然我并不坚信,只当是"风闻"。

大约一年半以后的夏末,连天暴雨,一个惊雷劈开了黑池坝边上一棵巨树。老乔当时正巧途经此树,訇然扑倒的巨树幸未碰中他,在老乔身后只两三厘米的地方,巨树被劈开的裂口有刃如刀。

据说从那个下午后,老乔身上附着的一切,奇异地瞬间远去,他又变回了那个在菜市场一身腥味、平庸乏味的老乔。

我又去买了两次他的芫荽，已完全与本地芫荽味道无二，曾经的至味恍如一梦。我在那芫荽上练成的技艺，随之也荒废大半了。

四二一

写作不必像一把利刃去面对解剖之物。类似的状态，只会让作者受累。某种狠劲，其实毫无必要，何况还只是表面化的狠劲。要的是足够敏感，敏感才能带来非凡的感受。面对世界，如果时刻觉得手中握着一柄利刃，我们只会发现：自己的手越来越小。

"对自己这双手的无能为力，你绝望过吗？"写作者适于这样的自问。真正清醒的写作，活在绝望频繁来临的间隙里。

四二二

当我们不能精确定位所要探究的对象，意味着我们陷入了"写什么"的困境。
这个时刻，我们应该去写的，正是这"失去"本身。

四二三

"怎么写"有时会自动迎来清晰无比的答案——如果我们时刻处在一种劳作状态的话。

四二四

"写什么"的最好答案依然是：遇佛杀佛。因为人生最重要的问题都是自动来寻找你的，几乎没有一件是你需要费力去寻找的。

它们都是"眼前物"。

四二五

每个诗人至少会在"怎么写"的问题上死一次。他将死多少次，并不真正在于他语言的禀赋和对世事的悟性，而在于"语言的运气"是否真的青睐过他。

四二六

独处能力，是写作的前提之一。独处至久，而后忘我，而后有对世界的惊奇。独处而后有专注力，而后能祛除功利心。连欲望都抑制不了的人，是无力驱动文字前行的。

四二七

此刻的现象是滚烫的岩石上，熟了的石榴正在爆裂。

在这一表面之后，有一根必然的时间轴：裂开的石榴是从璀璨明眼的榴花而来；而岩石在另一些时刻，也曾披苔积雨，沁凉入骨。这个时间轴上，有过程，有演变，有影像，也有病根，是一种绵延。观察事物，看得深，是指看得清这根时间轴上的东西。也即是，看见了"形成"。

四二八

听见事物内部的呼救声。

我们下笔前至少应该清晰听见，有另一些东西被幽闭在我们正书写着的事物之中。

四二九

我们从未把所厌恶之物、所拒绝之物真正放在自己热爱之物的同一平面上，虽然写作需要我们有一种基本功，即摈弃"分别心"。

四三〇

对诗最要紧的东西不是理论创新。对具体写作而言，最要紧的是训练直觉。

从未有天生的直觉。只有经历长久嗅觉训练的灵敏，才能予人以"真正的观看"：一眼即知什么是真正的本体，什么是多余的，无须经过理性的繁缛推演。

四三一

　　卑微中存有一种阻力：阻止任何人从卑微内部产生对它最深切的认知。

四三二

　　现实如何才可"贴近"呢？这句大行其道的话真是怪异。
　　难道我们有一刻不曾置身于现实之中？难道"逃离"不是普遍现实之一种？
　　现实不是一种或一类容器，它是所有容器的总和。

四三三

　　（坝上轶事）距黑池坝大约两公里的一处旧粮仓，曾被改造为一座小型精神病院。因为一个亲戚是院医，我有幸听到了院中的一些轶事。
　　有躁狂倾向的一些病人，被锁在彼此隔绝的单人间内，以防相互伤害。脾性温驯的轻度病人，经常被院长叫到一个大屋内，争论些问题，以阻断他们的自闭倾向。这显然是一个医生的建议。
　　但这些病人，思维过于活跃，争着争着，就乱成了一锅粥，往往又大打出手。比如，让他们为黑池坝的湖水作个比喻时，那些说"湖水像个孕妇"的，可能会抽打那些说"湖水像一群蜜蜂"的人耳光。院长想了一个妙方，让病人每说完一句话，后面都固定地补上一句："我是错误的。"然后，院中每天无穷无尽地被复制的一句问候语，就变成了"我是错误的"。

智慧的院长心想：如果某一日，有个病人忽地恍然大悟，反问一句："我为什么是错误的呢？"或者，他更明确地来再追加一句"我不是错误的"，那么这个病人就离痊愈不远了。开始的一年，这个方法还真是屡试不爽，不少质疑者真的就出院了。

但随着说"我是错误的"时间愈久，就愈产生不了质疑者。三年多了，竟然再没有一个人敢说出"我不是错误的"这句话，你怎么引导，也没有一个病人有胆量打破这个桎梏。有些病人除了说"我是错误的"这句很流畅外，讲其他的话，一律磕磕巴巴，语不成句。当他们列队在阳光下，齐刷刷地喊"我是错误的"时，声音非常一致，连唇边吐纳的空气的律动都那么整肃、美妙，这个时刻，他们最为快乐。每个病人都深深沉浸于这奇妙的氛围中。

后来，这个智慧的院长自杀了。

四三四

诗歌其实是要在伤口上长出新的肌体：一种有限的新生，新的生命质感。

但先得有伤口，语言的或是心理的……打破固有的表达，否定，产生挫败感，从这些地方获得启示。

如果在一种惯性中麻木地往前走,诗歌不可能获得新的生命。

四三五

写作需要忘记对平庸的恐惧。平庸不等同于通俗。要在深居平庸之中呈现某种可能的穿透、觉醒,而不是展示超拔于平庸的姿态。

写作既不是观念的兑现,更不是姿势的舞台。

四三六

文学的本义是以语言行动来承担遗忘的代价。

这句话的要点,在"行动"二字。这个深长的过程中有觉醒,但觉醒不是文学的目的。

文学自有其盲目的一面,或者说,觉醒体现了我们强烈的愿望,却无法作为某种有望击中的靶心。

四三七

有关"二战"的旧影片:探照灯的光束,打在广场青灰的雕像上。人的生命能够溢出大理石,实现某种永生吗?勋章,曾被眼泪和鲜花翠柏环绕着。但下一秒,这泪水就干涸了。当年从血泊中救人的英雄,在另一语境中,被疑为枉担赤子之名。

是文学性而非时间,令冷而硬的石像在语言中柔软下来。

四三八

我时而怀疑我的梦境
是否盗窃了别人的梦境
一颗被遗忘在枯草丛中
的炸弹,企图将两个人炸醒
另一个人是谁?
在螺旋状向上的同一空间里
他逆着晨光站在楼梯上
我俯在暗处猜测着他的脸
早上,闹钟嘀嘀嗒嗒
这颗炸了一半的炸弹
是母亲刚端到桌上香喷喷的煎蛋

四三九

诗歌是笔尖划过铁幕的声音。这是一种写作的逻辑。
最恰当的释义是什么?如果我们沉溺于某种观念或某种惯性而不自知,你就会被封闭在它里面。这就是铁幕。你懂了,你就会伸手去撕开它。

四四〇

坐在湖边的石凳上,水面细小的反光布满我们的脸。每一个细微的动作都导致明暗的变化。风中有落叶。碟中有刚削好的苹果。草中有虫吟。我跟一个修行者在有一搭没一搭地聊天。氛围是天成的、自足的，不需要我们的思想再增添任何一丝一毫的东西。

四四一

格物通灵当然是一种幻念。至少，我们必须视之为一种幻念。

视觉、感官对人的欺骗性是美妙而令人沉醉的。语言的戏法，也给人带来快乐。如何从中走出来？听上去很玄，其实在生活中，真正可以依赖的，是一杯一盏的琐屑之功，真实无比。面壁与破壁，基本功是有能力把心神凝聚在一些小事、杂事之上。

只有日常性中，才有突破而出的希望。只有从自身的弱点中，才能获得养料以饲喂羸弱的自己。人的反思，必须立足于人是一种弱者，如此才有破茧而出的可能。

四四二

我们的躯体，我们的思维空间，其实很大一部分是"别人的容器"。

知识、感受、情绪情感和那些难以言说的部分，很多都是别人的经验催生的。但这又似是一只从未注满的铁桶。我们的工作，是对这容器内的一切东西加以审视、校正、剔除，然后盖上自己的烙印。

四四三

婴儿笑脸在此,诸神也须远避。

四四四

我一边写下一边忘却
或者我从未写下也从未忘却
风儿扑面如大梦初醒
我在这里,又在那里
多么好闻啊
到处是枯草焚毁的气息
到处是露珠刚刚诞生的气息

四四五

世界是"隐在"的,我们看到、听到的样子,或许是某种力量的压力之下我们"必须看到"、"必须听到"的样子。我们为之挥汗如雨的所谓写实,或许并无真实可言。那么我们写的意义何在?我们设定的写作意义是:重塑印象。

我们将辛劳而作的文字交出,像递出一块砖瓦,但我们并不知道我们正在参与建筑的通天塔,究竟是什么样的构造。它是什么样子,本质上跟个体生命无关,我们有的是没有边界的想象。

我们全部的意义在于：交出。

四四六

每一种树木深处自有
一副神秘的好嗓子
风吹枝叶哗哗是在
回答着世间的提问
而我们耳朵的天赋早早被浪费掉了

四四七

薇依说:"学习的目的是养育专注力，不是为了获得什么。"
专注力不是为了看见每一块碎片，而是以凝神为手段，看见在每块碎片上闪烁的"同一物"。眼力直达表象之内，目睹了一种因内外之分而被忽视的幽微之美。

四四八

每一个词中都有一道慈母的目光
即便是那些表达恶的
词，依然有词本身的清静之力
词语从内部引导着我们的远望

四四九

其实可以将人群划分为"语言的同类":一种语言更容易唤醒同一种力量倾向的人。理想主义者、英雄、强人的语言谱系有其共通之处,其鼓动性自会吸引一类人。

而文学性的语言谱系具有不同于上述的特性。语言的恶趣味具有蛊惑力,但终究,善的语言行动,终将以更久远地占据人心而获胜。

四五〇

最好的阅读,是凝视语言的发现力而抑制语言带来的每一种情绪冲动。

四五一

如果语言一直处在高强度的运行中,神迹即会自现。

即便是一个疯子灼热的自言自语中,也总有那么几句让人醍醐灌顶犹如遭遇神示。

四五二

柳枝在风中狂舞,犹如一个疯子的语言。

在此它确实需要得到一种很稀有的理解:它的描绘、它的表达，是完全不受束缚的、没有定义的自在状态。

四五三

　　一个诗人在形成过程中，最先都会迷恋那种栖身于人类语言、疯子白痴等半人半神体语言、自然界语言及超自然冥想这几者叠加的枝影交加、恍兮惚兮地带。
　　当这个诗人成熟时，他所有的语言特性都会趋于止息与日常。

四五四

　　我老家邻居中有个疯子，邋遢不堪浑身生虱。但有一次蹲着跟我聊天，说起村里一九六〇年至一九六三年村史逸事，却语气清明沉着，事件纤毫毕现。我不知他在其中何处做了篡改、何处做了虚饰，又在何处做了再构。
　　疯子是如何抑制他的语言的？在他回到正常人叙事之前那一刹，他看到了什么？

四五五

　　密室中储存着坚冰、书籍和白炽灯
　　小窗外，孤云挂在何处
　　她发热的病体就攀向何处

四五六

　　河水的映照帮诗人完成了短视的
　　补救，澎湃的山林时刻致力
　　于盲听的接续……
　　克尔凯廓尔说：我们必须从飞鸟和
　　野百合那里学习沉默、顺从、知足

四五七

　　让樱桃泛红的密令，不在樱桃中
　　让身体莫名滚烫的
　　命令，在诗人与无限之物间形成了
　　一种无所不在的紧张关系

四五八

　　（坝上轶事）有一次，医生为了训练病人的发现能力和协作精神，在院中推行一个游戏。让几个病人躲藏起来，其他病人翻箱倒柜地去搜寻他们。这个游戏给精神病院带来了无尽的乐趣。
　　病人A被叮嘱去找另一个叫"张小敬"的病人。病人A很执着，他在食堂的桌底下找，在墙角里找，翻开院中的芭蕉叶找，在空着的小药瓶中找，也掀开医生的白大褂找……

很长时间找不到，但他每天念叨着张小敬的名字，从未放弃寻找。他拧开医生签字的钢笔，在笔帽里找；揭开桌上的纸，在纸的背面找；剥开花生，在碎掉的壳里找。

过了一年多，那个真名为张小敬的病人死了，但病人 A 仍未放弃他的事业。他经常在梦中热烈地喊着让他魂牵梦绕的名字。

张小敬的名字每天都在院中响起。这三个字成了一个符号。有越来越多的病人受此感染，开始在每一个玄妙的地方寻找伟大的蕴藏者——张小敬。几个病人吃着饭，突然地撞碎瓷碗，一起趴在地面的碎片上寻找，大家的手都被尖利的瓷片割得鲜血淋漓。随着"寻找"带来的破坏性越来越强，院方急于中断这一试验。医生想了无数的方法，都不能阻止这种热烈的搜寻。

又过了两年多，病人 A 也死了，但寻找张小敬的工程仍在继续。小院空气中，有了个真正的不死者，他的名字叫"张小敬"。

四五九

历史是脆弱的，但其中每一个瞬间却坚固异常。

四六〇

从亡者中寻找倾听的耳朵。没有经过肃穆的时间系统过滤的尺度是不义的。

四六一

　　把连续的东西分拆为无数个瞬间的形象，寄身于瞬间是诗歌的方式。

四六二

　　瞬间并非微尘，而是一个有内在结构、内置有迂回走廊的整体建筑。

四六三

　　一个诗人如何将语言的根既扎在现实中，又扎在另一个已消逝的时间系统中，不仅是一种方法，更是一种价值诉求。

四六四

　　一个诗人如何把自我的宫殿建设在瞬间之上？
　　以瞬间的连续来认知时间的微茫，以泡沫的无尽破裂又同步再生来认知流水。

四六五

　　语言的生命从瞬间升起，而非从历史的废墟上升起。

四六六

千岁忧与万古愁都是一个瞬间的内部事件。

四六七

诗必须以内置一种对时间的挑战与挑衅作为其维持血脉律动、葆有根本激情的框架，这是诗最重要的奥秘之一。

四六八

如果瞬间构成真实，那么历史的虚幻不难辨认：瞬间是历史所能榨出的最新鲜的汁液。

四六九

诗建立了一套对所有有关时间和瞬间之思的反讽机制。也不妨说，只有对时间的反讽，才令诗获得的力量在时间上延续。

四七〇

不外求理解，是一首诗内在的伦理。你赋予一首诗的理解，对于已逝的作者已毫无意义，它只作用于读者的新生与精进。

与其说诗是与自我的争辩（叶芝），不如说诗是与瞬间之自我的争辩。

四七一

只有瞬间可以服务于文学的历史，因为只有瞬间是不死的。

四七二

词的矛盾意味，词相互连接的陌生化效果，修辞之不群，为诗人所追逐，但这些却是诗所予人的消极力量之一。

四七三

物求救于词，词求救于诗。

四七四

写作即是布局一个个词的命运：词以从诗人的构造中汲取通灵的养分而具有自身的生命。

诗人须视一个词为一个自足的生命体，须秉有这种"命运感"才能形成与语言的心神契合。

四七五

　　词是一种解码器。
　　词与词之间的黑暗及其所带来的痛苦,是一个诗人真正的粮食。
　　没有词的强大诱惑,诗的冲动不会形成。没有对此诱惑的抵制、抵销、重构,诗不会现身。

四七六

　　诗先于它的词而觉醒。
　　坏的诗会赋予它的词一种施虐的力量。而好的诗中,词以它自身的饥渴展示了它作为最原始生命体的深沉呼吸。

四七七

　　词嵌于一首诗,不是屈从于诗意的精妙安排,而是它自己的生存之需。词要生存,要在一首诗中活下去,这才是诗的土壤。
　　心为物役,本质上是词为物役。物在词中的沦陷,被误认为是心的起伏。

辑十
四七八—五四五

四七八

（坝上轶事）为了磨掉病人身上的戾气，培养他们的耐心，院长有了个好主意：请城南湘绣世家的王婆教病人学习刺绣。

开始时大家都很揪心，因为绣针虽小，却也算个危险的东西。病人中有个迷恋黑木崖东方不败的老段，有一阵子捡根枯枝苦练摘叶飞花、隔空取人的神技，技未成，却把老实巴交蹲着观摩的另一病人扎得满脸是血。王婆是个有心人，刚给大家上课时，只教人拿根枯草茎在布上比画。这个场景足以载入本市医界的史册：一院子病人盘腿席地而坐，白发如雪的王婆端坐中间。草茎很软，难以留痕，一开始许多人急得嗷嗷直叫，挣扎着想逃去，院长兜头就是一顿竹棍。半月下来，竟有神奇的所成：没人着急了，等到小院中静得掉根针都能听见声音的时候，王婆给每人发了一根针。王婆教的是穿针引线的基本功。有时，也在纸上用彩笔画一些简单图案，让大家对照着绣。这个过程风雨无阻地持续了七个多月。

一日，院长在白发如雪的王婆陪伴下，正式宣布：给每人发一块布、两根针、几团彩色的绣线，规定大家在彼此隔绝的小房间内，自己绣出一幅作品；并要求大家不许交流。

十天后，当小院子的地面铺满刺绣作品时，白发如雪的王婆数十年脸上平静如水的样貌陡然变了。她涨得满面潮红，捂着胸口，被院长搀扶着送上门口的白车，据说当晚这个名噪一方的裹脚老太太就奇怪地死掉了。

我曾有幸见过这批刺绣作品的三幅。第一幅绣的是我再熟悉不过的黑池坝湖水。数千叠看上去几乎一模一样的波纹一致排列，清澈湖底的乌拉草上点缀着微微闪亮的鱼卵。岸边杂木生花，清露欲滴。边上还以水波荡漾一般的变体字绣了一句话："只有湖水不曾产生裂痕。"第二幅是老段的作品：一个乌髻高挽、双峰高耸的女人，裸体坐在宫殿的台阶上，身后摆着一张六弦琴和一只焚香炉，炉上余烟缭绕。顺着她右臂扬起的方向，可以清晰地看见一根绣花针正扎入一只飞鸟的左眼眶。说实话，这情景有点血腥，我不忍直视，这只白头翁太逼真了。而这个女人微敞的两腿中间，是一羽色泽绚烂、通体着火的凤凰。如果我猜得没错的话，绣中人正是雌雄同体的东方不败教主。而第三幅，真是幅温馨之作，绣的是清晨的小树林。说是清晨，是因为有薄雾正袅袅而起。每棵树上有一片叶面绣着人脸，无数绽放的笑脸，在画面上紧紧挨着，轻柔舒张的藤蔓将这些仿佛刚刚醒来的树，交缠在一起。这幅作品的名字不惹人注意地绣在右下角："人民的怀抱。"我忽想起，院长在每年春节全院的聚餐会上，总要讲那么一句："我希望大家都能健康地、快快乐乐地回到人民的怀抱。"总数达一百七十九幅的这批刺绣，在一个严格保密的小范围内产生过持久的震动。

"余震"之一，是这件至今让我不解的事：作为对白发如雪的王婆呕心沥血教学的一种回报，院长向王婆孙女开的一家刺绣店,赠送了七幅作品。而从店中买走了这七幅刺绣的人,至今有六人患上了精神疾病,住在本市的三家医院里。对此事跟我一样兴趣盎然的安徽大学宁藩教授,在半年内走访了这六位新病人,并以不为人知的隐蔽方式在持续跟踪尚未患病的最后一人。宁藩教授为他的走访留下了十多万字的笔录。

记得去年夏天,在一次学术会议的茶歇中,偶遇宁藩教授,我们站在昏暗的走廊上聊起此事。我说:这些画怎么就让他们疯了呢?宁藩教授立即打断了我的话头,说:不是这些画让人疯掉,而是这些人通过观画,找到了一直伪装成常人的他们自己。这是一种难以言喻的"同类气质"。分手时,宁藩教授特地拍着我的肩膀,强调说:简而言之,不用担心他们,这些画有催生功能,让那些隐蔽甚至全不自知的病人暴露出来,更重要的是,它们也有治愈功能。

四七九

错觉在审美中的产生,是重要却又无法训练的。它是高度凝神而非精力涣散的产物——写作或阅读中的精神能量积蓄,总有意外之得。

顺着这种由错觉导引的歧路行,多有意想不到的景物。

四八〇

错觉是对"似"的狠狠反击,但在形、神上又对"是"有着其微妙难以言传的精微把握。

从审美维度,"是"的敌人并非"不是",而是游离又神散的"似"。

四八一

在精神上和心理上过强或过弱而远离某种均值的人,是语言和艺术错觉的主人。

四八二

来自头脑的错觉与来自灵魂的错觉,有时在天平的两端,控制着阅读的起伏。

但每一粒微尘内都有一座宫殿,却是语言审美的常态,不是错觉。

四八三

诗歌所追逐的语言指向之可能性,越是动荡不息,它对另一端的某种绝对、不动的渴求就越强烈。这构成诗歌内部的基本张力。

四八四

文学的灾难在于它真正受困于技术性而对世道人心失去

根本的热情。

技术性带来的审美愉悦最终会让人焦虑、痛苦如日日临渊。但技术的、语言的精度又恰恰体现生命的质量,所以写作本质上是悲剧的。

四八五

王船山在死前四年完成的《南窗漫记》中有句:"何不翻身行别路,瓠落出没五湖烟。"

说到底,"别路"无非语言之途,也唯此才可见"瓠落出没"。东方人于此中自有独特的时空意识,另可参杜甫之说:"乾坤万里眼,时序百年心。"

四八六

诗歌着迷于人类命运中的挫败、遗忘与失落,因为这里潜藏着通往自身的更多入口。

从探索自我的角度,人类所有的征服和胜利都是单调而无趣的。

四八七

只有泪水是真正个人性的圣物,它像一根线牵动语言中某种至关紧要的"绝望训练"。

四八八

　　诗性的唤醒功能是发生在人身上最接近自然界新陈代谢的一种现象,虽然诗性的唤醒并非一定来源于一首诗。

四八九

　　学究气和考据癖算是诗中的"坏东西"了吧。
　　但如果它们时刻伴随着某种抑制,则给写作带来陡然的生机。

四九〇

　　一首诗的分量更多取决于生命能量的强弱而非生命之思的深浅。这里的强与深两者并没有对应关系,虽然这两种力量几乎每一刻都在作用于对方。

四九一

　　(坝上轶事)院里有一个对巨型数字着迷的病人,叫聂二。
　　聂二有个习惯持续了二十多年。以前在家时,他每天早上用粉笔在灰泥墙上写一个动以亿计的巨型数字,都是信手写下的,每天数字不一。开始,写一回,他妈妈就用湿抹布擦掉一回。妈妈中风后躺在床上,站不起身来,他家的每面泥墙上数字叠着数字,就变成了白墙。风从缝隙很大的门板间吹着,白色的粉尘会在光线中起舞。聂二就呆坐在那,对着跳舞的微尘出神。

聂二很小的时候,爸爸就死了。每逢镇上赶集,聂妈妈就去卖她做的手工布鞋。聂妈妈做的布鞋叫"千层底",是用糯米熬成的黏糊,一层层刷在她从各处捡来的旧布块上,做成鞋底。这种鞋底吸汗、柔和、去乏,乡下人都喜欢。但乡下老妇人几乎人人会做,所以聂妈妈的生意并不好。聂妈妈把卖鞋得来的小纸币、镍币,藏在旧床头柜中一个透明的塑料盒里。聂二很小的时候,就对这个塑料盒着迷,妈妈赶集去了,他就捧着塑料盒,直愣愣坐在门槛上。他把塑料盒紧紧抱在怀里,有时会举到耳边用力摇一摇。零星的几个镍币,在塑料盒中撞击,发出闷闷的响声。聂二自小爱听这响声。在妈妈回家前,聂二轻手轻脚地将塑料盒放回原来的位置,按原本的样子摆好。有一天夜里被尿憋醒,聂二看见妈妈抱着只剩下一个镍币的塑料盒在哭。

七岁那年,一天早晨起床,聂二突然就发觉了他对巨型数字的癖好。坐在床沿上,忽觉眼前一黑,好一阵眩晕,站起身来还晃了两下,赶紧定定神才站稳。他走到桌边,用手指在水缸里蘸了点水,在落满灰的桌面下写了大约二十多位数的一串数字,仿佛是有人在操控着他的指尖自动写出来的。看着这数字,一股从未有过的亢奋涌到嗓子眼上。他不明白这串数字有什么用处,但瞅着它,像盯着群星深邃而密集闪烁的夜空一般的迷人心魂。此后,他每天都要在墙上写一串巨型数字。

聂妈妈第二天吓哭了。她不晓得儿子中了什么邪。请来村头的神汉,举着桃枝在家里东蹦西跳地驱鬼,又在聂二的床底下炸了串鞭炮。但似乎都没什么疗效。聂二照例每天在墙上写一串神秘的数字。他站在这串数字前,喃喃自语。

但生活中其他时刻,聂二与常人毫无两样。村里诊所的赤脚医生来帮了忙,让聂妈妈喂儿子吃一种白色药丸。这药很苦。聂二很快就有了蒙骗妈妈的法子,他忍着一阵阵紧缩的胃痉挛,把药丸压在舌根底下,过一会儿就躲到门外吐掉。聂妈妈心细如发,就悄悄把药丸碾碎了,放在粥中让儿子不知不觉中吞下。但聂妈妈很快发现,这个办法也是徒劳。最后她信了孩子舅舅的劝,把聂二送进了市精神病院。

聂妈妈生前就来过院中一次,我在医院做保洁员的姑妈觉得她可怜,就让她在自己的工房中睡了两天。姑妈告诉我,聂二在院里依旧每天在走廊底上,用湿拖把写一大串数字,然后就静静地、沉醉地看着这串慢慢消失的数字微笑。平时他话极少,三天也讲不了一句话,脸也很冷。其他病人常常围成一圈,看聂二写字。这些围观的精神病人都很安静,他们围成一圈,呆呆地看着,有时水写的巨型数字消失了,他们的圈子仍然不散。我去院中找姑妈时,在远处看见这圈子。我不知道这些病人是在凝视,还是心不在焉地随便观望,又或者完全是视若无睹。想着聂二入迷的巨型数字,我记起黑池坝夏日傍晚水面密集起舞的飞蠓。

四九二

　　填充和汲取是同义词吗?
　　从"曼哈顿摩天大楼间的满月"中汲取了
　　宁静的人，同样可以从这稀疏的
　　雨点中贪婪地汲取

四九三

　　每个人的身体都是一间密室
　　春天，我们在两地均匀老去

四九四

　　从 A 地到 B 地——也是
　　在语言中艰难地移动自己

四九五

　　我有一个生命的旧址：
　　在奥威尔那里叫"监狱"
　　在卡夫卡那里叫"城堡"
　　在阮籍那里叫"竹林"
　　在陶潜那里叫"南山"

在奈保尔那里叫"米格尔大街"
在马尔克斯那里叫"马孔多小镇"——
是同一条街巷的同一个炙烈的门牌号

四九六

如果从敌意中一无所获,那么从爱中也将一无所获。因为,这两件东西对人类存在的内在逻辑、论证方式和定义形式几乎是一模一样的。

四九七

一个诗人面对一首诗的完工理应惶然:因为不可完成之物竟然在此完成了。

如果他没有一种深刻的不安,那么这首诗尽可废去。

四九八

活了四十七年的佩索阿有许多异名,最常动用的有三个:阿尔伯特·卡埃罗、阿尔瓦罗·德·冈波斯、里卡多·雷耶斯。

这些异名不同于别的作家笔名或化名,因为它们与本名佩索阿之间,彼此有着独立的人格,不同的心理构造、社会关系、性格棱角,每个异名之下,事实上有着一种血肉丰满的"闭环"。这些异名者,写下彼此攻讦、彼此探询或相互定义的作品，时而在报纸的同一版面上掀起一场雄辩大会。

雷耶斯曾评论卡埃罗："他落寞地活着，无息地死去，在神秘主义者看来，他有着导师的一切特征。"佩索阿在体内豢养着这些自我的导师：冰炭同炉的导师。他们之间的连接，是执戈各立，动荡不止。纷争的喧闹和落定的尘埃俱在，他一人分饰多角。正如，我体内站着我喜欢的鲍照，也站着与他对立的韩愈，以及与韩愈亦友亦敌、戏剧性的大癫和尚。

四九九

有一类稀有的读者，常会不容置疑地让自己摆在作者的位置上。

这当然不是虚荣心所致，对诗的伦理来说，这不仅是一种深刻的赞美，也是一种罕见的责任：两颗心在不同时空实现了真正的贯通时，读者会神奇地体验到这种不可思议的代入感。

我读李商隐时，有过此类体验。

五〇〇

终极问题令人窒息。

诗学所以令人着迷，皆因它是通往终极问题途中坡降水沉、枝曳花生的开阔又缓冲的地带。

五〇一

　　越是空心化的社会越需要诗的干预，但往往对诗的干预也最不敏感。

五〇二

　　好诗中最重要的东西，其实不是语言的创新动力而是生存的强力意志。虽然二者相互生成又常常被混为一谈。

五〇三

　　黑池坝不是时空坐标中的一座，有时，它是"一次"。
　　当我回忆，它便重新开启。每次写它，都是一次生命的刷新。

五〇四

　　柳丝对湖水的弹奏
　　微澜对水面的雕刻
　　鸟鸣对林梢的解缚
　　木桨对游船的松绑……
　　音乐和诗，每一瞬都在黑池坝发生
　　却从不让自己在音符和语言中固化

只献给在黑暗的辗转中醒而复醒的耳朵和眼睛

五〇五

几乎每个夜晚，都有绝望的少女在黑池坝低泣和倾诉。湖水是永恒的倾听者。

有一种唯我才能听得见的声音：父亲病危时和死后的各种声音，环绕在他的将死、必死、不死之上的各种声音。如今这些声音封存于沉寂的湖水，是我和湖水间不可言说的"相互倾听"。

五〇六

诗的困顿取自物的困顿。懂得了后者的，更为深邃，才是写作的进取之姿。

辞穷力竭而后有洞见涌出的可能。

一个经常看到自己之枯竭的诗人，才是有希望的诗人。

五〇七

激愤、歇斯底里、恸哭、欲仙欲死的快感，都是粗糙卑下的。

只有澄静绵永的哀伤，才配称为永恒的情感。

五〇八

　　黑池坝，只有栖身于一个词中，才能被我在此处呈现。
　　我坐在这个词内部黑洞般凶险又旷远的空间里。但这个词，是哪一个？

五〇九

　　诗的干预并非诗人的干预。
　　诗人只是一种虚弱的傀儡，只是一个随时被废弃或被堵塞的甬道。

五一〇

　　一个情绪失控、常为小事而崩溃又
　　邋遢不堪的诗人
　　也可能写出精致入微无可挑剔的诗歌
　　这，又意味着什么？
　　只能说诗本身包含一种无畏，敢于
　　去对应任何状态的人或事物

五一一

　　庸诗的发生乃世间常态也是

语言运动的常态，而
好诗纯属一种危险的意外

五一二

　　诗有一个基本伦理似乎已被忘却，即诗应免于对语言的过度消费。

五一三

　　诗的干预以创新语言并用这种新语言完成对心灵的塑造。这个过程是缓慢的，但也是本质的。
　　所以，我们常能捕捉到被世人轻视，甚至遗弃百年的伟大之诗。此遭遇曾见于杜甫。

五一四

　　诗之干预并非强化道义。但也不妨认为，正是诗对人类道义呈现的方式进行不断的语言学创新与加固，才推动了道义最微妙而强悍的存在。

五一五

　　上升或堕落是在一个动态的语言运动过程中看见对方。

五一六

虽然诗之干预是针对独立个体的，但也存在这样一种情况，即整个社会板块被激活，个体心灵的渴望奇妙地达到大面积的共振，令诗之干预达到一种难以名状的强度。

比如，二十世纪八十年代初期所谓"朦胧诗"的效应。

五一七

在黑池坝，我可能存在某种失忆的阶段：

有一段时间在文字记录、记忆、生活刻痕、他者的印迹等所有维度，完全处于一种可疑又可怖的空白中。

五一八

正因为有一种对诗之干预的担忧与恐惧存在，诗之干预就越被需要。

而且这种忧惧与被需要，会化为诗本身的一部分。

五一九

在黑池坝，曾遇到一位家学第四代老中医。他告诉我，中药中有"甘草"者，最为神奇。

《本草纲目》说它："外赤中黄，色兼坤离，味浓气薄，资全土德。……普治百邪，得王道之化，赞帝力而人不知，敛神功而己不与。"另有一段话赞它："春仲秋仲，蠲吉除痾。名符甘美，义致中和。草木芜秽，乳石偏颇。虽固必解，国老皤皤。"

在老中医看来，对体内百疾，甘草无不显效。听上去有些荒唐。但有西方医者在作定量分析后说：甘草的强心作用，是因有对抗乙酰胆碱作用。甘草能解百毒，是其有与葡萄糖醛酸的结合。能抗炎症抗过敏。可用于溃疡病，是因其能缓解肠胃平滑肌痉挛，抑制组织胺引起的胃酸分泌。而其解痉作用，是其含有黄酮类化合物。能促进胆汁分泌，是因其内含甜素。他在感慨，中西医难得地聚首于一株小草。

而我分明听见，这也在变相述说诗在精神现象上的功用。甘草，百草之诗也。

五二〇

黑池坝边最密集的毒物就算夹竹桃了。

据说它含有强心毒甙，干燥的三克即可毙人一命——中国最毒的毒药之一。资料上说，中毒症状有：恶心、呕吐、腹痛、腹泻；心律紊乱、心跳缓慢、不规则；最后出现室颤、晕厥、抽搐、昏迷或心动过速、异位心律，死于循环衰竭。

我和许多朋友，常在我小院外这繁盛的夹竹桃丛中欢聚或告别。

五二一

帕维奇在《哈扎尔辞典》的"卷首导语"中说：作者因饥肠辘辘势必尽量写得简单扼要。

我确曾在无意间养成了在早餐前写作的习惯。

五二二

曾试图论证"精神真理"高于"逻辑真理"的犹太哲学家哈列维（约一〇八五——一一四〇），晚年在耶路撒冷朝圣时，为该城高唱哀歌，阿拉伯人怒而纵马将其踩死。

我所知被乱马踩死的，还有"靖康之耻"中被金朝掳去囚禁的宋钦宗赵桓。

五二三

（坝上轶事）李琦医生这两日有些焦虑。他主持的"记忆清洗法"医疗实验，被院长初判为"搞了一个多月，没见着什么效果"，这意味着市里下拨的经费随时会被断炊。

李琦做好了费用断供时找院长大吵一架的准备。在他看来，为病人创新治疗方案，是医生的权利，这个权利的正当性不能因为见效慢而受到嘲讽。即使最终失败了，也应该被院方宽容。

在李琦的构想中，精神病人都有个焦虑的"事件内核"，清洗掉对这一内核的记忆，是治疗的关键阀门。

他在上报给院方的预案中，举了两个例子。老段受到异常刺激的导火索是"桃花事件"：他七岁时，家乡逢上百年不遇（这个词是地方志中确证的）的饥荒，六月里新粮还未接上，是饥荒最重的时候，田垄里走着的人饿得摇摇晃晃。老段说，不是饿得肚子瘪瘪的，而是肚子滚圆像个气球，是吃多了观音土和榆树皮的缘故。田间的麻雀，也饿得飞几下就会歇会儿，老段爷爷亲眼看见，有人抓住飞不动的麻雀，就活生生囫囵吞了下去。有个早上，老段开门，看见有个人饿死在他家后门口的桃树下。奇怪的是，他是走过了桃树四五步才倒下的，而树上正熟得炸裂的毛桃却一个未少。这个人为啥不偷吃一个桃子救自己一命呢？这个问题在老段心里发酵了三十年，他几乎每天不忘。李琦认为，这就是老段得病的那个焦虑内核。

不过院中医生对老段的病因大有分歧，有人认为毛桃事件距老段入院，中间隔着漫长的三十多年，刺激效应日日递减，应该早就衰竭得可以忽略不计了。但所有医生的嗓门，都没有李琦的嗓门高啊，气焰高涨者获胜，是本院铁律。

对另一个叫佟翠花的女病人受一根发卡刺激而患病，大家的判断几乎一致。佟翠花离婚后，带着被前夫打得四肢淤青、乳头被烟头烫得变形的一身新伤，回到娘家，一直有些恍惚。一天吃早饭时，发卡掉到了地上，她妈妈就势俯身去捡，侧着脸起身时动作有点急，被一根谁都没注意到的桌面下长铁钉正好刺破颈动脉，顿时鲜血喷涌。佟翠花吓傻了，竟然还猛一低头喝了一口被血喷到的稀粥，才想起去把妈妈抱住。妈妈竟然就这么急匆匆死了。佟翠花此后三年没说过一句话。为了让她开口说话,院方很费了一番周折。

　　按李琦的设想,清洗掉这两个事件在病人心中的郁结,是不二法门。以病相祛病根,他说:老段的相,就是桃子;佟翠花的相,就是发卡。他开始为所有病人量身定做地制订"缓和方案"。他先不敢提"治愈"二字。这两个字的后面,没有退路。

　　对老段,李琦亲自给他收集了世界上七十多种桃花、桃子的照片,给他讲各种桃子的滋味,讲历史上"两桃杀三士"的典故,引导老段自己朗诵含"桃之夭夭"的短诗……无数个"含桃"的意象,像无数股清流要去冲淡老段内心禁锢的那一池死水,让它稀释,然后让它消失。

　　果然,两个月后,老段能冷静地面对桃花的照片了,也能断断续续地复原自己患病的事件细节了,李琦止不住地信心爆棚,但让他仍存苦恼的是,老段在别的事情上的表达,并没有显著改善。

　　院长问李琦:"记忆是被清洗掉了呢,还是埋得更深呢?"

五二四

　　湖水犹似释迦牟尼昨日给我讲"定法",今日给我讲"不定法"。

五二五

　　身体中许多东西刻意不与身体一道醒来。
　　在这些东西上,诗欲掘取。

五二六

　　好诗的基本特性是,它提供的不是内容的恒量而是变量。对于单纯的人,它是单纯的。对于复杂而挑衅的阅读者,它是多义的、多向的、微妙的。

五二七

　　昔时一无所有的阴影中,有强大的根系在渗出。

五二八

　　夜雨被风裹挟着像有人蹑手蹑脚在青瓦上赶路。
　　我们不眠的内心,像是急于向它交出一件东西。

五二九

　　绝望不是恶本身,它只是一个通道。
　　如果我们滞留在这个通道里,甚至不会明白它至少在语言中还留有一个豁朗的出口。

五三〇

　　古汉诗建筑于"何物不能入诗"的选择性构建，而当代艺术则明了地坐在"无物不是艺术"的基座上。
　　这当然没有什么高低之分，甚至这区分对艺术而言也并非事关本质的东西。

五三一

　　新源头的任务是在枯竭之上再撒一把盐。

五三二

　　中年之后，所有的力量，仿佛都来自忘我。

五三三

　　湖水时而像呓语。我的枕头在这细碎波涛之下，梦见你我共坐于岸边。
　　枯苇过头，翠鸟远去。
　　鸟儿何曾理解这个世界？悲欢是一种契约中限定的需求。起伏像是盘中之砂欲望的预演。可以擦掉再来。不过是换一个枕头。

听见你上楼,在楼梯上似乎还犹豫了片刻。此次醒来前的所有生活,仿佛只为了共坐湖边的此刻,听枯苇在风中折断这一声无比轻微的咔嚓。

五三四

我是自卑而清凉的。这自卑在自我中被遮蔽如此之深,别人皆不能见。

而在某些刹那,我自己目睹它如巨型金字塔矗立在茫茫的沙漠上。

五三五

量子科学仿佛印证世界之虚无,不过是回到认知的某个起点:

像一只虫子吃掉自己刚刚长出来的尾巴。

五三六

自卑不仅是一种天赋,甚至也是一种方法。

在面对万物内部不可凝视的深渊时,这种方法保护了我们思想的一丁点胆气。

五三七

喜剧都是线性的，而再小的悲剧中都有一个无限延伸且不可拆分的螺旋结构。

五三八

两种诗的现实：案板上的一鳞半爪和云中的一鳞半爪。

五三九

对艺术而言，重要的是一种临界状态的形成。
不是看不到，而是看不到位。这个到位，就是进入某种边界与边沿，临近冰火同器的状态，是灵性爆发与混成的最佳藏身之地。

五四〇

挫败者的书站在我书架的最顶端，我常常要借助登高才能取来它们。

五四一

我们这个时代，是果实已经离开枝头但尚未坠落到地面的时代，是适于以自讽为土壤的时代。

浑身刀痕而依然对后面的每一刀保持着新鲜触觉的人，可以为诗。

五四二

秋风拆去了世界的形状而不是风格。公园充满了失去遮蔽的枯树的心跳，召唤着老人们向前。在背影挡住的光线中，把那些已经完成的东西再完成一次。

我听见巨日下沉，为那些东西镀上金色。

五四三

露珠在枯枝上滚动。我们是二者之一。

语言涌出正如露珠从枯枝渗出。枯枝愈黑，露珠愈觉醒。

这种并不真正久存的依附，如此摇动我的心——在这个冬日的早晨。

五四四

镂虚空。

五四五

我像一只橙子被剖开

刀子刚刚离开我的身体
一张满是谎言的嘴将来吸干我们

辑十一
五四六—六三六

五四六

　　没有词的注入,物是困顿的
　　唯有在词中物是可以透视的
　　但语言并不苛求自身呈现物之真相

五四七

　　诗的最后一句之所以重要是
　　因为词的困顿要在此趋向诗的绵延
　　止于某一字是诗的自限

五四八

　　傍晚五之六点钟
　　乳白色炊烟应该
　　从那些屋顶升起
　　此刻清净无火之户
　　多半是血脉断绝了
　　这些年炊烟剧减
　　大地压力变轻

荒草长得特别的
快，特别的茂盛

五四九

怎么！这本书写到这里
竟然没谈到"诗与欲望"？
确有些不可思议——
欲望该如何去谈？此刻
我面前只有小碟一盘
死亡不能终结物象之欲念
而恰是诗性新的开端
动物被烤熟的
样子更为孤独

五五〇

方以智一直力劝王夫之"逃禅"，随他同入"桶底脱"。
"桶底脱"早见《五灯会元》，又见《碧岩录》。方以智曾说他的外祖兼老师吴应宾"受戒莲池，祈教憨山，于博山处脱桶底"。其实他谈的正是欲望。桶中水待底板脱落后，泄地而得自由，有卸去欲望之拘束而得无碍无顾之意。

北京土话："揭个底儿掉。"

五五一

寂默的青丘
寂默的青苗
欲望和泪水都没有形状
短松遍地如哀歌

五五二

诗触碰词与词之间的神秘关联，是对固有思维方式和认知工具的一种刺穿。

诗所反对的，是"语言的驯化"。但，企图驯化语言的力量恰恰有很多种，宗教性力量、权力、强力作家的语言范式或者某种习俗，等等。在当代，网络成为语言的一种新的驯化力量。应当真正重视这种语言危机的影响范围、紧迫程度和未知性。诗以对词际神秘性的探索，给时代语言注入了活力。没有了诗的探索，语言便会因僵死而渐渐失去对心灵的启示。

词在诗中所携带的神秘启示，有时是独立于这首诗之外的。换个说法，对词而言，一首诗其实是个敞开的容器、四处透风漏光的房子。我们读一首诗时，有时会沦入一个词及词的奇特力量中，这个词在此诗的整体氛围中，会焕发出在别处无法迸发的活力。

五五三

　　这一代人除了
　　遍地开花的丧失
　　似乎再无他物
　　足以献予前人

五五四

　　当孤独有着最完美的范例
　　它一定是费解的

五五五

　　那些隐秘的泪水
　　几乎可以忽略不计
　　我的笔尖牢牢抵住语言中的我
　　这一刻虫鸟噪声
　　四壁垂直
　　而垂直，是多么稀有的祝福

五五六

　　夜雀滑向池中橘红的圆月

静穆的阴影投射在平面上
负责阐释一切阴影的
年轻禅师觉得疲倦——
他为不能平息在词句中
变幻不可控的语调难堪
也为活在一个看不到起点和
终点的喑哑的世界难堪
他知道沉默不可完成
而自我又永难中断
他为一棵樱桃树难堪
为樱桃的不可中止难堪
他看见死者仍在弧线上运动而
每一块湿润的石头都如梦初醒

五五七

诗对"理解"会随时随地展开一种反击。这是诗的文体蕴藏一切文体基础性灵感的原因。

五五八

等着鸟鸣把我在
雨水中早已烂掉的笔
找出来
替我在这片被它剥了皮的

宁静中找到

另一个我——但我不可能

第二次盲目返回这个世界

五五九

小溪水、苦楝树比我们

苍老亿万倍却又鲜嫩如

上一秒刚刚诞生

活着,磨损

再磨损

我们的虚弱在自然界居然找不到

一丁点的对称

诗不只是语言性存在,也是时间性存在

五六〇

从多义性泥泞上挣脱而出

如今我敢于置身单一之中

单一的游动

没有蛇

单一耸动的嗅觉

无须花香

明日的诸我全住在这个词里

五六一

　　我写作时
　　雕琢的斑鸠，宣泄的杨柳
　　我喝茶时
　　注满的斑鸠，掏空的杨柳
　　我失眠中
　　焦灼的斑鸠，紧绷的杨柳
　　我冥想时
　　对立的斑鸠，和解的杨柳

五六二

　　语言并不能为这些草木器官
　　提供更深的疲倦
　　田垄上，更多幼枝被沉甸甸的
　　无人采摘的瓜果压垮

五六三

　　无声时体内更为空旷
　　可埋进更多的人

五六四

我深夜写下几句总源于
不知寄给谁的古老冲动
在余烬的唇上翕动的词语
正是让我陷于永默的帮凶

五六五

语言如何作用于一件
简单的东西
比如，一株杨柳

当它试图捕捉柳梢变幻的瞬间
我的小石凳正被
下降的湖水推远

黄昏。结构性的静谧
一种轻度的沮丧到来
语言甚至无法将
杨柳的碧绿从
被无数树种滥用的碧绿中，分离出来

语言中柳树只有瞬间

当它垂下
垂到波浪缓慢雕刻着的
湖水之下
当它轻拂
它几乎碰到了曾被我们放弃的
所有东西

五六六

我的枯竭,可以像一幅画
那样挂在墙上吗?
这面墙空置已久

五六七

这干灰中仍有种子
可让孤独的人一饮而尽。这镣链之
空和六和塔之空,仍在交替着到来
这旋转的镍币正反两面也
仍可深藏那神秘的、旁若无人的眼睛——

五六八

柳条垂下,像醒目的鞭子
但中年之后我们同样不为

任何新生的感觉所动
对容颜变迁有更深的警惕

放弃观看,闭上眼睛
放弃一切,包括审判

五六九

从一个字到紧挨着的另一字有多远?
清晰的旅途,莫测的B地
每一个终点都是临时的

五七〇

用怎样的语言才能建设无言之境?
塔身为何在一瞬间给我带来静默?

五七一

当湖面平静得足以抚平塔影
我交给你的,是我的空手

五七二

从一到二的写作中我

挣扎太久了
从零到一的写作还未到来
世上任何一件东西，一片烂菜叶
一只废纸篓都足以
让我凝神
这是我再熟悉不过的世界
但这个世界是可悲的
磨损，还余四座城门
每日背着椅子和前一天剩下的我
慢慢，向前走着。那合乎自然的
丧失之美还未到来……

五七三

疾病给我们超验的生活
而自然，只有模糊而缄默的
本性。枯苇在翠鸟双腿后蹬
的重力中震动不已
这枯中的震颤
螺旋中的自噬
星星点点，永不能止息……

注：

［一］枯，赋予人的"尽头感"中蕴藏着情绪变化与想象力来临的巨大爆发力。此时此地，比任何一种彼时彼地，都包含着更充沛的破障、跨界、刺穿的愿望。达摩在破壁之

前的面壁，即是把自己置于某种尽头感之中：长达十年，日日临枯。枯所累积的压制有多强劲，它在穿透了旧约束之后的自由就有多强劲。

［二］枯是词语的一种通道，但它并非一条可以自由攫取的渠道，或者说多数写作者没有能力和动力去直接面对某种枯境。

［三］枯是诗之肉体性的最后一种屏障。它的外面，比它的生长所曾经历的，储存着更澎湃的可能性。对枯之美学的向往，本质上是求得再解放的无尽渴望。

［四］每一株新芽、每一滴露珠，这些新生之物中留置着它曾经的枯迹：这不是某种强行注入的丰富性，而恰是它面向自我的全然敞开。也不妨认为，枯是借助新芽在展示自身的神韵。策兰写道："只说一半，/依然因抽芽而颤抖。"

［五］经历了枯之体验的写作者，都不可能全身而退——人不可能自外于肉身对死亡或时间流逝的惊惧。但较之这种必然而又庸常的深味，枯所获取的不再是隐喻，而是在伴随着毁灭的一种"目击道存"。它产出的不是"新的对象物"，不是巴赫金所谓的"视觉的余额"，而是"新我"本身。

［六］不是一个人穿透了枯，也并非枯的力量击穿了一个人。审美层面的枯，不是单向的议题，它更宜成为结构性议题。最好的体验，当然是建立在语言经验和生命体验之上的双向击穿，甚至是多向击穿，类似一种"语言的旋涡"。

［七］穿透了枯，并不一定保证某种新生。更多的人是"在枯中枯去"。对新生的诉求，需要更多难以言明的、复杂纠缠的力量参与。新生，也需要某种运气的推动。

［八］从心理层面，枯可以是单一的，是一个概念，但

需要众多的"我"围攻这个黑暗的硬核。

〔九〕枯，貌似一个没有"现代性"特征的蒙面人。作为一种审美对象它由来已久，但它毫无疑问又是以过度生产与过度消费、以"速度追逐"为核心的当代社会最为本质的特性之一。

〔十〕枯被语言之力撕裂或洞穿后，它立即体现为不可预知的"彼岸"景象，而非"石榴枯后再生石榴之芽"这样线性的"归位"。它解除的是既有的宿命，爆破的是已知的稳定性——将有"另一种现实"和"另一种构成"，前来迎接我们。既有返照、重临之唤，更有"新位置"的动荡与迷人，所以它是摄人心魄的。

〔十一〕我们对同一源泉存在着无数次的丧失——对枯的理解与解构，也不会是一次性的。

〔十二〕我在诗中布置大片的空白，是容纳别人在此处的新生。或者说我在此处的枯，是他者永不可知的肥沃土壤。诗人的身份，令我乐于做这样的"旁观者"。

〔十三〕"见枯"是一种语言能力，或者说对枯的反应，可以鉴别一个诗人。当枯是一种现象场时，它需要成为更为错综多变的语义场，才能美妙地转换成诗的力量。

〔十四〕作为一种起源，也作为一种目标：枯，对那些有着东方审美经验的人似乎更有诱导力。与其说，多年来我尝试着触碰一种"枯的诗学"的可能性，不如说，作为一个诗人我命令自己在"枯"这种状态中的踱步，要更持久一些。倘若它算得上一个入口，由此将展开对"无"这种伟大精神结构的回溯。枯，作为生命形式，不是与"无"的结构耦合，而是在"无"中一次漫长的、惘然若失的觉醒。对我而言，这也足以称之为诗自身的一次觉醒。

〔十五〕枯,不仅是一种形象更是一种渴念,更关键的是它会进化为一种强悍的自我期许。

〔十六〕枯,因包含"绝境的美德"而成为起死回生的古老祈望中深沉不息的回响。但一切缄默,都不是枯。

〔十七〕审美趋向的过度一致和精神构造的高度同构,是一种枯。消除了个体隐私的大数据时代之过度透明,是一种枯。到达顶点状态的繁茂与紧致,是一种枯。作伪,是一种枯。沉湎于回忆而不见"眼前物",是一种枯。对生活中一切令人绝望的、让人觉得难以为继的事件、情感、现象或写作这种语言行动,都可以归类到枯的名下进行思考。但对枯的思考,并不负责厘清表象:枯是这所有事物共有的、不可分割的核心部分,也是从不迷失于表象的或者说根本就没有面孔的"蒙面人"。

〔十八〕扎加耶夫斯基问道:"是镜,还是灯?"此句式最宜重现于此时。枯,是镜,还是灯?

〔十九〕一座森林和一脉草茎在枯的意义上是等量的,因为两者所蕴藏的以及对生命力的喻示从无二致。

〔二十〕汉乐府和李白均有"枯鱼过河泣"诗。八大山人画脱水之枯鱼。鱼在枯去,河在虚化。撇开本义,离根而活,枯干即真正自由的达成。

〔二十一〕苏轼所谓"心似已灰之木,身如不系之舟",是破壁者之呢喃。木与舟,恍然同一矣。

〔二十二〕所有面向枯的思考,本质上都是语言与个人生命状态的奇异互动。枯,本身即是一种特别的语言态,它逼迫我们对曾经的激情、挫败及对这两者的诸多表达进行再审视,对"如何建立一种新开端"这种问题进行必要的深思。这种思考植根于人性及生活本身,让人诞生出"终结一个过程"的勇气——因为这种勇气曾在我们盲目延续某种惯性的途中丧失殆尽,理所当然地应获得更深的珍视。

五七四

　　湖面冻住:白色的消音器
　　我听到一颗心在
　　洞穴中老蟾蜍,这生相奇异的
　　智者身上均匀跳动——
　　只有一个谁也无法说出
　　的、剧烈的新词
　　才能让一颗心如此跳动

五七五

　　在山顶。朝白茫茫湖上
　　眺望:
　　一种死闪光
　　一个形象毫无羁绊
　　我们不是别的正是
　　老蟾蜍黑暗中的
　　一个梦?
　　一个词跳动
　　一个词让我们都确认自己活着
　　并随口从律动的幻象尝到

生死之间,那奇特的黏性……

五七六

枯枝上压着雪
体制在释放深层的寂静
歌声因恐惧而有引力
我一个人在湖边走
跺着脚
我失败的心在土地的冻裂中获得满足

五七七

鸟鸣和任何事物碰撞都透着
一点醒悟。词语往往没有这样的幸运
傍晚写一首诗
在一些词中窒息
放下笔,到湖边翻涌的荒草味中
走一走。极度负重让湖水清澈
——但,极度不是尺度
只是情绪。情绪正以晚霞的形式倾泻……
偶尔,银白鳞光划破湖面令鱼的
形象瞬间解体。而鸟鸣下沉,它
和鱼跃出的光影,构成美妙的对称——
鸟鸣与鸟鸣之间,嵌着不规则的

块状寂静。我在冷风环绕枯枝的
漩涡中遭遇意识的断崖——捕得
一些新事物的撞击。我们，和
世界在词语中的对峙，黑黢黢的
仿佛我们极少地活在大自然中
更多时刻只在身体狭小的
囚室中，艰难地呼吸……

五七八

　　写下一行诗就有
　　一种匮乏，在其中显形

五七九

　　一种结构性的溃败
　　仍在我的身上

五八〇

　　当灌木林鸟声如雨……那鸟声是从
　　我身上撕去的碎片
　　如今来补我的脱落

五八一

这首诗
正由我头顶黯淡
披下的干硬光线中
环绕我并
慢慢在我身上
找寻着裂口的微粒来完成

五八二

像枯枝充溢着语言之光
在那些，必然的形象里

  注：
  〔一〕对生而言，死只是其背面，而枯是一种登临。
  〔二〕虽然看上去，枯与生之青葱、生之烟火气之间，充满视觉的张力和情绪的张力，但它是生与死互为拯救、两相融汇的地带。枯，并不依赖与生的冲突来成全自身的诗性。枯是一种自足体。苏轼说："外枯而中膏，似澹而实美。"清代吴历在论画时说："画之游戏枯淡，乃士夫之脉。游戏者，不遗法度。枯淡者，一树一石，无不腴润。"枯中亦无机锋，它是生之意气用尽。枯中自有另一番骤雨打新荷。
  〔三〕枯旧日以容新时，枯老巢以纳新泉。每种枯，都有一个演变的过程，但并不存在任何可逆的流程再造。每种枯都有一张仅属于自己的新面目。

〔四〕所有必枯之物，仿佛生着同一种疾病，但它带来的治愈却千变万化。面对某种枯象，我们在内心很自然地唤起对原有思之维度、原有的方法、原本的情绪的一种抵抗。我们告诉自己：这条路走到头了，看看这死胡同、这尽头的风景吧，然后我需要一个新的起点。所有面貌已经焕然一新的人，或许都曾"在枯中比别人多坐了会儿"。

〔五〕当你笔墨酣畅地恣意而写时，笔管中的墨水忽然干涸了。你重蘸新墨再写时，接下来的流淌已全然不同。枯是截断众流，是断与续之间，一种蓦然的唤醒。

〔六〕或许我们并无能力思考死亡，对枯之思便自然而然地来了。但枯之思，并非对死亡之思的前奏。死亡是一个过于依附想象力的、僵硬而缺少弹性的主题，只有严密的枯之思，才让我们更像个生气蓬勃的活人。

〔七〕人类的知识、信条、制度或感性经验，都须经受"枯之拷问"。有多少废墟在这大地上？多少典籍在我书架上沉睡？托克维尔的脸上蒙尘多深？陀思陀耶夫斯基在我案头又荒弃多久了？在某个时刻，某种特定机缘下，我将在它们的枯中有新的惊奇与发现：仿佛不是我生出新眼，而是它们的枯中长出了新芽。我对这枯中的新见理应心怀感激，它让我们再做一个婴儿，如同这枯中洋溢出一派天真。

〔八〕曹丕写道："人生居天壤间，忽如飞鸟栖枯枝。"枝不枯，则境不出。

〔九〕在杜甫的"亲朋无一字，老病有孤舟"中，枯是活着的，是一种必须延续的生活。但这枯中其实无苦无涩，不滞不止，反倒如明代潘之淙在《书法离钩》中所说"神之所沐,气之所浴,是故点策蓄血气,顾盼含性情,无笔墨之迹,无机智之状,无刚柔之容,无驰骋之象,若黄帝之道熙熙然,君子之风穆穆然"的端肃庄重气息。

〔十〕枯是全然地裸露自己:它传递的是语言纯粹的质地本身。它似乎对它所能显示的任何意义都透着不信任。构成"此枯"的所有物的材料、形式、色彩等,都与它所表达的内容完全契合,"纵浪大化中,不喜亦不惧",没有一丝一毫的溢出。从审美的角度看,它是极度无聊的又是唯一杰出的完美表达。

五八三

写作首要的是顺应自然之力
夜雨落在青瓦上、假山上
枯草上
自省随时随地发生
年轻时代统治着我的
情欲再次充满我全身
夜雨,将洗净街头垃圾
这是本能的伟力
身体:我睡在这暂时的容器中
是什么使这容器透明?我也将
在它之中醒来
但夜雨仍逼迫我看见别的
我看见脏水中的玫瑰
我愿意是那脏水

五八四

哪怕只是貌似在枯去
它的意义更加不可捉摸

注：

［一］枯，作为一个伟大的美学主题，是中国文化最为灵动和特异的一脉，如今快死掉了。在这个沉溺于视觉与感官之乐的时代，加上科学与技术对人类生存方式的猛烈重塑，养成"临枯之心"、"亲枯之眼"的土壤已经干涸、板结。看吧，从生活的细节，人们行走、沟通、做事的姿势上看，气定神闲的从容，在我们的脸上难得一见了，一种巨大的耐心已经消失。等不着枯之美呈现，人们就远离了它。物欲倾尽之后的枯之静谧，不再哺育这一代人的心灵。因为再无耐心，戾气将以千万种化身占据我们生存的时代空间。

［二］澄澈露珠与枯萎荷叶的深深依偎，仿佛两个词语在相互渗透中散发出神奇的语言之力。从中所获得的东西，所塑造的东西，触碰着东方美学的秘密。

［三］枯不是死的替代品，或者说，这两者并非在同一个位置上说话。死亡是永寂，而枯中却有萨拉蒙所讲的"我们只为闪光的一瞬而活"之延伸释义。枯所连接的映照，正如阿什贝利在《死亡的恐惧》中写下的："道路尽头的黄昏，/空无一人，除了另一个我自己。"

［四］时代总是乐于找寻新址。已经忘记了废墟正是建筑居所的最佳之地，已经忘记了每一处废墟中都饱含的"绝望"，正是重建家园最不可缺少的砖块。

〔五〕死亡仅是一根绳索，而枯是一条道路。死亡是你无法想象的、只有一端的绳索。而枯是你的心仍可在其中搏动、两旁景色亦随之不断幻化的道路。

〔六〕"置身于枯中"其实是一种幻觉。但在此幻觉中，对枯的否定最终会进化为一种自我否定，从而成就枯的深度。此否定也终将令一个诗人彻底击穿他所寄身的平面，从而形成他个体语言的醒目水位。

〔七〕从感知能力的维度，人不可能与他所面对的枯实现"零距离"。你一旦觉知了枯，事实上也就远离了它。

〔八〕表象之枯对人之感官会造成持久的迷惑与迷失。行走于对枯藤老树昏鸦的语言经验之上久矣，人从自然中捕捉到的忧伤足矣。如果不能对无相的、无别的"中心之枯"保持严肃的语言触碰，我们便无法听见和无法理解那种弥漫于万事万物之内核上的、更为本质的物哀。

〔九〕枯：生的黑白底片——不仅是作为一种现象，因为渗入了严格的反省，它更应作为本体被语言所深深环绕。

〔十〕看上去，枯是一种困境但它不是思的困境和诗的困境。对诗而言，枯正是不二的乐土。它充满诱惑恰是因为它仅仅看上去是某种困境，"仅仅"二字，给了诗人无比清晰的自我定位和自我确信。

〔十一〕一个诗人最出色的能力，在于他对枯有着强劲的浸入能力。

〔十二〕枯不是黑暗的，因为它在语言中有阴影。枯也是投射在自身之上的光束甚至它构成对自身的一种反讽。

〔十三〕如果枯寄身于"色"的两腿之间，你还能一眼认出它吗？如果它寄身在盛开的花蕊中呢？

〔十四〕一个关键的问题是：我们是否有能力从自身后

退一步,目击"我"之枯象?

〔十五〕枯是自然现象中最具批判力的现象:世上一切葳蕤都是从自身之枯中喷薄而出的。它是万物不可删除的经历,同时它又是不可分割的。也就是说,即便是每一块碎片上的枯,也都是完整的。

〔十六〕在中国古代经典作品中的枯,我能品尝到的,有南枯、北枯之别。前者如庾信之"今看摇落,凄怆江潭。树犹如此,人何以堪"的绵长哀音,缭绕难绝。北地之枯,有"风萧萧兮易水寒"的莽苍契阔意味,是地理之力、物象之力,在语言中的爆发所致。

〔十七〕超越性的发生,是面对自身之枯时,又像卞之琳在《尺八》一诗中所说的:"像候鸟衔来了异方的种子。"枯,作为自身的异种被埋下时,是一种真正的发生。

〔十八〕每个词语的内部,都有个开阔的"枯之空间"。对一个独立的词来说,固定的意义令它枯;过度的滥用令它枯;不被嵌入一个活着的句子令它枯……让词语的内生空间生机勃勃,是诗人的责任。在这个空间里安身立命,是诗人的生存方式。在这个空间留下独特而深镌的个性刻痕,是令一个诗人不朽的唯一路途。到这个空间中游荡吧,无穷无尽地游荡……

五八五

物哀,可能是所有诗人的母亲
终有一日我连这一点点物哀也
要彻底磨去
像夜里我关掉书房的灯

那极为衰减的天光
来到我对面的墙上

五八六

艾略特说:"真正的诗歌,未待你理解,便可传达真义。"这里大可琢磨的是真义之"真"字,要么是迫近某种真理氛围时个人感受之真切,要么是被阅读催化的情感之清晰,要么是体味到了语言之微妙的精准,甚至是明确感觉自己"进入了"但却无法归类的语境。

总之,你知道你在"触碰",一种新奇而强烈的触碰,当然要比得到某种固定的释义,更具启示性。

五八七

诗和希望、绝望都有关,只要你心有所动,诗就与你有关。诗唯独与麻木无关,也可以说诗本是破除教条和麻木的利器。

想以逻辑的方法去解开某种"结",这就距诗之本义远了。诗所求的,是"会心"。会心则无碍,诗是这样一种无以明言的发生:它面向自身之内部,是流畅而敞开的,会意时,并不存在什么"结"需要外力来解开。

五八八

语言意味着某种整体性,不是指具体的一砖一瓦、一丘一壑。

诗是一种气息的展开,这中间包含不确定性和混沌的场域。你只能置身其中,而难以在外部真正环视或指指点点。

五八九

对一首诗的自我评判,需要作者在完成之后退避为一个全然的旁观者。

在进行状态之中,诗人沉浸于其中角色,是无法有清醒结论的。

五九〇

一种普遍的现象是,好诗中都存留着大片的"随机空间"。

一些词是即兴、自动涌入的,甚至是突兀和不明就里的,甚至可以用"浑不吝"来形容。这些词是亲切的,而非"制造感"的。

这并非指诗的写作中存在粗糙的生产机制,而恰是这种"随机空间"令原本的语义产生突发性的断裂、回旋、不解,撑大了它的内在空间。

五九一

存在一种"我所期待的诗",但可能永不降临。

存在着一种脱胎换骨的变法、变革、新生,但往往只是脚后跟挪动了一点点。

对变化之饥渴，才是最重要的，才是意义无穷的诗性本身。

五九二

质朴的东西并不一定有质朴、单纯的外观。如果一种写作从无比繁缛和纠缠的外貌中，将其单纯的内核呈现了出来，那是震撼人心的现象。

写作者应要求自己质朴一些，再质朴一些，但绝不能趋向外在的单一。

五九三

在写作中，有时你会觉得行进到艰难地带，笔下的每个词都呼吸困难，难以为继。这时确须有一个信念：这艰难不是一种阻隔和中断，而恰是面向未知力量的一种不可回避的"连接"。

五九四

《大学》有言："心不在焉，视而不见，听而不闻。"

凝心神于一处，持久不去，则见物之所未有、象之未形成。并非尽是幻念错觉，实在是芥末之内有洞天，玻璃杯中也存临渊之状。

五九五

　　一种真正有效的写作是：你之后的写作者都会小心翼翼地、刻意地回避着你的方式，视你为陷阱，避免在你的道路上沦陷他自己。

五九六

　　在一首诗或一篇小说的尾部出现情绪与力量的加速，是一种合乎自然的生理现象。

五九七

　　好的文学中会包含某种洞见，但洞见并非文学的目标。
　　一种理想的状态是，澄澈的洞见只在阅读环节发生。写作不能预设洞见的形成，像"埋个地雷在那里，等着读者踩上去"。对写作者而言，在呈现生存和心灵层面的真实时，只是碰到能够催生某种洞见的氛围、事件"恰巧也在那里"。写作凝神于体验及其过程，而洞见只是结束状态的东西，是末梢的东西。清醒的写作者甚至可以告诫自己：要抑制洞见的诱惑。

五九八

　　生长是取舍，而成熟刚是在所取之物上不息的精进。一个人的笔墨，其实可以精粹到董其昌在题跋王维《江山雪霁图》时所说："如禅灯五家宗派，使人闻片语单词，可定其为何派儿孙。"

五九九

真正的写作从不为观念而战。

最无聊的局面是，不同的写作者构筑起某种观念的共同体。这种共同体越强大，越会造就一个时代大片的心灵孱弱；反之亦然，这是必然匹配在一起的AB角。

六〇〇

对一个清醒的写作者来说，无论怎样易于征服读者的观念和概念，都是剩余之物。

一个写作者应该是个持续的、彻底的、永不知足的行动者。

六〇一

我们在自己或他人的作品中常能看到败笔。有些是有意味的败笔，带着思想的汗渍和跛行的痕迹。掩饰不住与根本无意去掩饰，毕竟不是一码事。充分暴露的东西与全然敞开的东西，再稚拙也大有其可爱之处，避开了机心和制造感这个陷阱。

一个成熟的写作者其醒目的标识也可能是，即便是在败笔中也沉睡着他充沛的个人经验，而且是，更忠诚于他个人的、更宜于作为一种鉴别维度的语言经验。

六〇二

一种被慢慢煎熬的东西，在一遍遍的重读中不断有新的味道涌出的文本，才是好东西。它有一种逐渐释出的机制，从不让那些再度进入的人失望。

六〇三

"对立"的妙处，远不是轻易可以获得，一如两颗心的融合之难。你和一个桥梁制造专家或一个钢琴师，因"芝麻酱好不好吃"吵得再激烈，也建立不了真正必要而内在的紧张关系。同样，也不会因为都嗜好芝麻酱，而实现两颗心的融通。

只有经历过对立或融通，才懂得什么是邈远河湖上的相忘。这两种滋味在语言中，其实是同类的饥渴，不过是隔着一层纸。而世上所多的，是聚集在芝麻酱上心与心的全不相干。

六〇四

大匠心正是舍弃了对匠心的执着，没有了对自身的固执而了无牵挂。

六〇五

　　关于写作这人类最古老、方式又最为一成不变的劳动，有许多极端的实践和极端的观念。而观念越极端面目就越清晰又富于诱惑力，越容易在短时间内抓住人心，但这恰恰是最有害的。写作以时而滋生有害之象来校正自身，正如疾病与自愈。

六〇六

　　纯诗理念作为写作的一种范式，当然有合理的一面。但一个人长期沉溺于纯形式的实践，其实是对写作道义和责任感的一种逃避。
　　布罗茨基在谈论奥登时说："如果一个诗人还留存些深层的社会责任感，他会写得更好。"我还想补充说的是，这甚至不是前辈或他人的"责任残留"，而是必须立足于个人处境的"新生责任"。

六〇七

　　写作的一种基础要义是，在感知系统中沉淀并无时无刻不在显现着的个人经验，它并非知识的累积。知识可能是真理但并不一定是鲜活的，只有个人体验以可贵的唯一性而长存。

六〇八

难道写作是为了训练读者？一个愚笨的作者和敏锐的读者间会发生什么？相反的状况呢？诗中有很强的专业性障碍，其实是无趣之事。但这么说，不是为了迁就那种审美敏感度的缺失者。

六〇九

韦恩·威利斯说过这样一段话。还是学生的时候，他有幸旁听了人类学和考古学家玛格利特·米蒂的一个讲座。有听众提问："发掘出一个原始部落遗址，您怎么判断这个部落是不是已经进入早期文明阶段？"他猜想正确答案可能是，在遗址中发现了陶罐或者鱼钩，要么，就是发现了碾米的石臼。但米蒂教授却回答道："受伤后又愈合的股骨。"她接着解释说，在一个完全野蛮的部落里，个体的生死，纯粹取决于残酷的丛林守则：优胜劣汰。除了少数特例，多数受伤的个体都无法生存下去，更别说等到骨伤痊愈了。如果在一个部落的遗址中出现了大量愈合的股骨，就说明这些原始人在受伤后得到了同伴的保护和照顾，有人跟他们分享火堆、水和食物，直到他们的骨伤愈合。最后，米蒂教授意味深长地说："这就标志着原始人类开始懂得怜悯，而怜悯正是文明与野蛮之间最根本的区别。"

以上是我从网络上摘下的一段话。关于历史进程的诗性，这是我听到的最好阐释了。

六一〇

如果我们建立了某种新的文学理念，但弄不清与之冲突的力量在哪里，那么这种建立是可疑的。只有质疑与博弈才赋予了理念以生命。这里面涉及一个"观念强度"的问题。

创造，不论是在传统或历史的框架内，还是在所谓"先锋"的旗帜下——这两者有时甚至是雌雄同体的——创造力不在立场而在强度。也可以说，创造力其实更多体现在观念强度的增进，而非立足点的挪移。

六一一

诗歌的专业性不是指对某类知识的特异反应，更多指的是一种对生命直觉的敏感度。

所以，文盲中有六祖慧能。

六一二

一个时代有一个时代的精神实体，但这实体并非一群精英文本的堆积，不是文本之和，而是这个时代典型社会现象和精神特质之和。

文本坐落其中，仅是几块孤岛。

六一三

奥登说，喜欢一个老气横秋又索然无趣的笨伯并将其作为民族英雄的只有一个国度，就是古中国。

难道他没读到"一箪食，一瓢饮，在陋巷，人不堪其忧，回也不改其乐"，"逝者如斯夫，不舍昼夜"，"天何言哉！四时行焉，百物兴焉"，"道不行，乘桴浮于海"这些话？奥登或许并未明白：从文化语境上讲，古中国是最苦涩的大陆，从未产生过真正的快乐者。而他将一种倾向生命内部不断收敛的凝重，误读成了"暮气"。

六一四

一个人三十岁前应该在四海之内漫无目的地遨游，靠的是一双脚。三十后就要拢拢心了，在一己之内遨游，是神游，要全神贯注。

在三十岁之前，虚荣心是写作的一种推动力。而三十岁之后如果这种力量没有祛除殆尽，那么他几乎无药可救。

六一五

韵律或音律之所以在诗中必不可少，是因为一首诗天然地需要一个声音的入口。总有人觉得声音能增进诗的表现力，不仅是出于古汉诗遗留下的习惯，事实上所有语种都潜存着这样的强烈冲动。

这个入口一度急剧地缩小了,但在自媒体时代似乎又得以放大,它既美妙又显老派,但可能永不消失。

六一六

如果说诗歌有一种重要起源——人的心理或精神危机,或者说是一个时代中比历史事件更值得琢磨的各种心灵事件,那么,往下再挖一层,我们不妨认为,一个时代在心灵层面投射的荒诞感,比任何事物更能激发诗人的灵性。

六一七

诗歌中须有某种"说不通的地方",犹如流畅的溪水中突显几处巨石。这种"阻隔效应"是诗本身的,而远非什么不相干的外力。

六一八

个体生命面对世界之浩瀚、世事之纷扰、物性之神秘时,会产生强烈的无力感。这种无力感时而坚如磐石,迫使文学从中起步。

但一种基础的悖论是,写作者想去平抑的无力感,又在作品中被奇异地放大(以致有些写作者会自杀)。文学难以消除一个读者的无力感,只会让他在作品中体味到更为深邃的无力感之时，获得一种临时的安慰。

六一九

　　语言拥有羞辱，所以我们收获不多
　　文学本能地构造出赤子的颓败
　　我们不能像小草、轻风和
　　朝露一样抵达土中漫长的冥想

六二〇

　　虫吟的浮力让板床
　　更加笨重
　　侧起身，从门缝中看见
　　月光千锤百炼的清淡

六二一

　　枯枝像一只手在斜坡耗尽了力气
　　保持着脚印在种子内部不被吹散
　　哦，时光，羞愧……绳索越拧越紧
　　脱掉铠甲的矢车菊眼神愈发清凉

六二二

　　"人如果放弃对

形式的苛求
　　或许可以一直自由地流淌下去
　　最终将在绝壁中
　　在睡眠中，捕获一片深海"

六二三

　　"自我"匿身在疾病而非治愈中
　　但我的疾病不值一提

　　也许所有人的疾病，都不值一提
　　我对我的虚荣
　　焦躁
　　孤独
　　有过深深的怜悯
　　而怜悯何尝不是更炙烈的疾病

　　客观的经验压迫。除了亲手写下
　　别无土壤可以扎根——
　　疾病推门而入像面目模糊的故人

六二四

　　诗有曲折多窍的身体
　　"让一首诗定形的，有时并非

词的精密运动而是
偶然砸到你鼻梁的鸟粪或
意外闯入的一束光线"——

六二五

世世代代为我们解开绷带的,是
同一双手;让我们在一无所有中新生膏腴的
在语言之外为我们达成神秘平衡的
是这,同一种东西……

铁索横江,而鸟儿自轻

六二六

颓废气质跟你在街头和酒吧常见的长辫脏鞋无关,它只在大幅的放弃与底线的坚固之间。

有"原本",才谈得上"垮掉"。是垮掉之后的清淡,是废墟和旧址上新一轮的确认。颓废需要慢慢地养成,这个过程其实也会演化为自身体内漫长疾病的治愈。祛浮躁,祛奢华,祛功利和再度固化自我。身负弹孔三千,看上去一无用处,但每一处又在诉说。

六二七

经常地,我觉得自己的语言病了

有些是来历不明的病
凝视但不必急于治愈
因为语言的善，最终有赖它的驱动

那么，什么是语言的善呢？
它是刚剖开、香未尽的柠檬
也可能并不存在这只柠檬
但我必须追踪它的不存在

六二八

一首果实的诗必须把种子里
深刻的失败也包括进去

六二九

徒有哀鹭之鸣
以为呼朋引类
徒觉头颅过重
最终仍需轻轻放平

六三〇

诗歌以笑声（格雷厄姆的观点）、以疾病（海子的观点）、以颗粒连接着颗粒的花粉模式传播（我的观点）：在输送中透出超越颗粒的香气,完成某种在写作中未曾完整的抵达。

我甚至觉得,谁的写作造成的精神废墟面积更大,向外输出的"颗粒"更为蛮荒,谁就最配称得上伟大的诗人。

六三一

如果非得以概念去阐明问题,我倒是想说这么一句:放弃对顿悟的期待,要以求得渐悟、以哪怕说不清"悟"为何物也从不停下"渐"之过程为写作的常态。甚至可以更明了一点,以"渐变"二字替代渐悟。渐如江水三千悟不得一瓢饮。

六三二

诗歌是一种被压迫的文体。压迫它的是在人群中显得珍稀的审美力。它面对始终占少数的阅读。诗以受限方式维持着文体的纯粹性。

六三三

一个诗人的诗史,当然应是他特有语言技艺的进化史。但在此之中,首先必须是他的生命史。没有热烈的、经过无数次淬火的个体生命现象的渗入,技艺进化本身难以催动"他者"的灵魂:诗之无限,本质上是"他者"的无限。

六三四

　　严格说来，大诗人身上至少必备两种东西：语言上的冒险意识和精神上的远征气息。
　　而我又偏爱在这两方面因孤身突进而更像一种失败者的大诗人。

六三五

　　如果写作是为了抵抗人生的虚无，那么最美妙又算得上得体的感受莫过于："我在虚无中终有了一席之地"……或者——"原来这虚无也可以有滚烫的体温"。

六三六

　　只有唯一性在薪火相传
　　如果某日我的一首诗被
　　另一人以我期盼的语调读出
　　我只能认为这是人类
　　有史以来最狭小也最炙烈的传奇